F.5A

關麗珊 著

F.5A
作者／關麗珊
總編輯／馬鎮梅
責任編輯／劉綺華　王心靈
美術設計／許智超
出版發行／突破出版社
香港沙田亞公角山路 33 號突破青年村
電話：2632 0000　傳真：2632 0388
電郵：breakthrough@breakthrough.org.hk
網址：http://www.breakthrough.org.hk
http://www.btproduct.com
承印／陽光印刷製本廠
2010 年 7 月初版 1 刷
2011 年 3 月初版 2 刷

F.5A
by Patsy Kwan
First Printing, First Edition, July 2010
Second Printing, First Edition, March 2011

ISBN 978-988-8073-02-3

本書經文取自《新標點和合本》，版權為香港聖經公會所有，承蒙允准採用，特此鳴謝。

歡迎加入突破書籍 Facebook — http://www.facebook.com/btbooks

本書採用環保油墨印刷

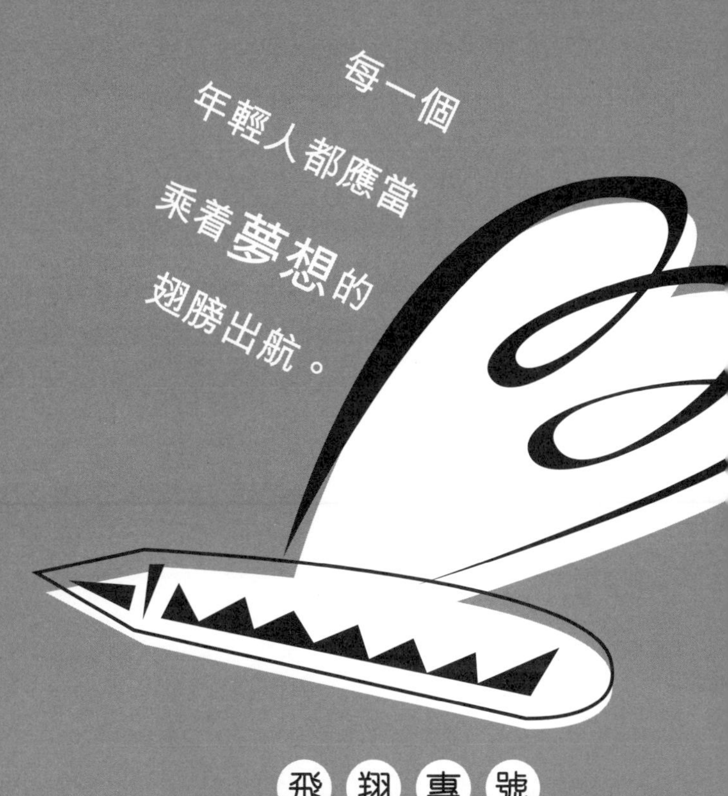

飛翔專號

目錄

F.5A 人物介紹

張美雪

單親高材生，中五仍要兼職補習，渴望拔尖上大學。

莫婷婷

重視外表，自覺外貌平庸，對愛充滿懷疑。

簡美琪

爺爺病重，爸爸沉迷工作，她因會考和家庭壓力而感到無助。

程詩敏

富家千金，家人早已為她鋪設前路，但仍堅持與友人面對會考。

宋美恩

天資聰穎，讀書過目不忘，覺得會考無聊，人生很悶。

謝國鏗

成熟懂事，喜歡美琪多時，默默與她共渡難關。

張叔叔

婷婷的補習老師，年輕時經歷創痛，後往陝西支教遇上真愛。

考試與發胖

2006 至 2007 年，香港的會考制度改變了，大家要重新適應新的評分標準，以前中英文科以 A、B、C、D、E、F、U 定優次，現在則是 1、2、3、4、5、5*；更由以往拉曲線調節評級的方式，變成按實際分數定成績高低。

對學生而言，無論以哪種形式評分都差不多。有些教育工作者以「餵豬」和「秤豬」比喻教學和考試：「餵豬」可增加豬的重量，即是教師讓學生吸收知識；「秤豬」則是計算豬的體重，就像考試，不管用天秤抑或磅，豬的重量都是不變的。

以養豬比喻教育未必最恰當，但不無道理。許多人認為會考非常重要，有人更以為會影響一生，其實

沒有那麼誇張，會考只是人生無數考試之一，並非不重要，卻不是最重要。

中五很可能是會考班同學在中學相聚的最後一年，無論自覺與否，這班剛升上 F.5A 的同學在暑假後重逢，都有開心的感覺。成績優異的學生暑假期間已經做過不少歷屆試題，對自己的實力有把握，壓力不算大；對成績一般的學生來說，會考是令人緊張的。

張美雪在校門外遇見程詩敏和簡美琪，雀躍地高呼她們的名字。

小敏從房車下來，跟阿雪擁抱，阿雪推開她，開玩笑說：「不用這麼熱情吧？別人會誤會我們是同性戀！」

「你少見多怪。我跟爸爸媽媽旅行，看見外國人以 big hug 來打招呼，有些人還抱得你喘不過氣。難道擁抱就是相戀了？」小敏沒趣地道。

在旁的美琪跑來跟她們擁抱，說：「我要假扮從外國回來，跟大家抱一下。我們是彩虹五貓，不怕被誤會。」

五個女生在中四時參加歌唱比賽，組成「彩虹五貓」樂隊，小敏是安哥拉貓，美琪是摺耳貓，阿恩是家貓，婷婷是貪吃貓，阿雪是長毛貓，大家不時互叫貓名，彼此開玩笑。三個女生在校門前摟抱説笑，看見的同學都能感受到久別的喜悦，有些新生則感到莫名其妙，心想這間學校會否太開放了？香港學生很少會動輒摟作一團。

彩虹三貓擁抱一會後，慢慢走上 F.5A 文科班的教室。美琪邊走邊跟小敏説：「暑假玩得開心吧？你看來胖了不少！」

「媽媽嫌我太瘦，經常帶我吃自助餐。我只是胖了一點，你別誇大事實。」小敏嘟起嘴巴説。

美琪喜歡逗弄小敏，看她着緊的表情。小敏從小在富裕家庭長大，父親是上市公司總裁，身家過千萬，生活一無所缺，性格樂觀，只有提及身形，才會使她憂心。

阿雪看見小敏緊張的樣子，明知她不算胖，也刻

意拿她開玩笑：「看來胖了許多，你打算由安哥拉貓，變成安哥拉肥貓嗎？」

小敏停下腳步，摸摸自己的臉龐問：「我真的太胖嗎？」

剛巧經過的子駿見了，故意掩嘴偷笑道：「胖得像肥豬！」

「胡說！子駿，你別取笑別人，還記得王秀美嗎？」美琪板起臉孔。

子駿一怔，想起中一至中三的同班同學王秀美，遺傳病使她不斷發胖，常遭同學取笑。子駿想起從前無心的言論曾經傷人，心生歉疚，連忙正色道：「對不起，我說笑而已。」

「你總是常給女生罵。」子駿身邊的謝國鏗說完，轉頭跟美琪說：「我替你教訓他。」

國鏗與子駿識於微時，子駿陪伴他渡過不少難關：中三時國鏗父親破產，父子倆生活潦倒，國鏗更被同學冤枉偷竊；中四時母親在美國意外身亡，期間國鏗情緒低落，子駿默默在旁支持。子駿比攣生弟弟國鏘更明白他，他們之間常常開玩笑，毫無顧忌。

「你看你，重色輕友。」子駿笑說。

「哥哥重色輕友，我跟他相反，重友輕色，我替你出頭！」國鏘走到他們身旁，一臉「嚴肅」的跟大家說。

國鏘從小父母離異，跟媽媽和叔叔在美國生活，他向來視叔叔為父親。媽媽因車禍離世後，他才知道叔叔另結新歡。叔叔把他趕走，要他跟爸爸回港。來港後他與哥哥入讀同一所學校，經常跟隨哥哥和子駿等同學在一起，很快就跟同學們混熟。

「你，你別拉開話題。」國鏗連忙搶着道，緊張得有點口吃。

國鏘跟子駿互望一眼，連忙跑回 F.5B 理科班教室，國鏗作勢追打他們。美琪看見了忍不住笑起來，目光不自覺緊隨着國鏗，看見他比初中時長高不少，嘴角泛起微笑。

三個男生走遠後，宋美恩正好看見這一幕，撓手不屑道：「中五了，這些男生仍如此幼稚，在走廊追

追逐逐。」

「對，男生老長不大，只喜歡作弄人！」美琪和應。

小敏正想回答，莫婷婷跑上前，說：「我遠遠看到你們，為什麼不等我？好不容易才追上你們。」

婷婷看見四個最要好的同學，很高興，她們中三時開始熟絡，短短兩年間經歷不少風浪，彷彿已做了半輩子朋友。

「等你的話，我們就遲到了。」阿恩吐舌而笑。

上課鈴聲響起。婷婷說：「今天跟爸爸一起吃早餐，難得他有空跟我閒聊，晚了出門，差點遲到！」

「你們說完沒有？還不趕快往教室？」阿雪作起跑勢。

「你真的胖了，你看，跑慢了！」美琪一馬當先，還不忘捉弄小敏。

落後的婷婷搔搔頭，問：「誰胖了？」

小敏當然不承認，即使跑得直氣喘，仍然氣呼呼地回頭說：「你胖了，還說誰？你讀初中時曾得短跑金牌，現在跑得比我還慢！」

婷婷最遲來到，不知就裏，半信半疑，以為自己中四以後疏於運動，真的胖了，不禁擔心起來。

美琪忍不住大笑，停下腳步，只管用手按住小腹邊笑邊喘氣，讓婷婷跑過頭了。

彩虹五貓剛好在老師走進教室前到步，坐回中四時的座位。

中四各科老師都跟隨會考班「升班」，有些老師更提早把中五的課程教完，要求學生自修和補習追上進度，並早已説明新學年主力跟大家複習，準備會考。

阿雪中四時已開始溫習，暑假期間更不斷複習歷屆試題，未踏入 F.5A 教室，已有身經百戰的感覺。

對於考試，阿雪從小學開始就很有把握。因小六升中派位結果未如理想，她被派到成績較差的中學，當時她是全級成績最好的學生。中三時，阿雪轉讀這間名校，雖然跟讀書成績極佳的宋美恩和程卓民同班，但仍能脱穎而出，考取第一名。

阿恩的讀書態度跟好友阿雪的完全相反。同學們要死記硬背才能把資料記牢，她則過目不忘，看一遍就能全篇默寫出來。她天生是讀書的材料，卻偏偏討厭讀書。暑假期間，阿恩只顧玩樂，又結識了幾個新網友。她渴望找到她所愛的人，但始終無法如願。她覺得讀書很悶，怎及唱歌跳舞好玩？無論是教科書上的內容還是老師講課，彷彿都是重重複複，就像卡住了的影帶，老在重播同一個片段。

小敏父母為她聘請多位補習老師，英文科由英國退休教授任教。教授給她看不少英美電影片段，指出兩地演員的口音和用字的分別。小敏聽多了，漸漸聽出香港人說英語總帶香港腔。她想起國鏗和國鏘這對雙生子，雖然容貌相似，但說英語的口音迥然不同：國鏗說英語時，任誰都能猜出他是香港人；國鏘從小在美國長大，單單聽他的英語，未必知道他是黑頭髮黑眼珠的中國人。

教授經常批評小敏的英語不夠優雅，潛台詞是說她用的是低下階層的言語。小敏愛看美國電影和電視劇，劇中人常說：「I've got it.」教授說「Get / Got」，是基層市民的常用字，不免粗鄙，精英階層應用「Have」。

小敏爸爸先前到日本公幹，在機場給她買了一本暢銷書，那是日本人執筆的自學英語書，名為 *My Big Fat Black Cat*。教授認為此書不知所謂，明明寫給大人看，但插圖和內容卻像幼稚園讀本；小敏卻愛不釋手，心想爸爸在日本公幹，洽談的生意動輒千萬港元，在緊張萬分的旅途上，仍為她準備手信，就感到很幸福。

這本書的黑貓插圖胖乎乎的，很可愛，回港後爸爸常取笑她愈來愈像胖貓，小敏佯裝生氣，爸爸輕撫她的頭，安慰說：「無論是胖貓還是瘦貓，小敏永遠是爸爸心目中的好貓！」

阿恩和阿雪的考試成績總佔全級頭三名，美琪、婷婷和小敏的成績亦算中上，她們五人經常在小息時討論功課。雖然純粹研究功課，沒有展示實力之心，但難免讓同學覺得她們在炫耀。

子駿成績中上，常眼紅成績比他好的同學，特別討厭阿恩那類毫不費勁就取得佳績的學生。中一那年，子駿跟她同班，眼見她經常上課心不在焉，卻總能答對老師問題；起初子駿嘖嘖稱奇，後來知道她看一遍就能把書本內容牢記在心，任老師怎樣問也能對答如流，難怪她常說上課很悶。子駿知道無論怎樣努力，成績都不及懶散的阿恩，他恨自己不是她，暗暗抱怨上天不公平。

小息時，小敏和阿雪走向洗手間途中討論英文雙關語。阿恩剛從洗手間出來，在走廊聽到她們的討論，有點不以為然：「『相似』和『喜歡』的故事已說過很多遍啦！」

like 同時有「喜歡」和「相似」的意思，英文老師最愛用 like 一字講解英語雙關語。中二時阿恩曾向英文老師表示好感，跟他說：「Someone likes you.」老師卻以一句「Someone you like.」拒絕她，當時她很傷心，如今一聽，想起往事，以為她們在說這個字。

婷婷中三時一度對感情事很迷惘，誤以為自己喜歡阿雪，還跟她說：「I like you.」聽到阿恩的話，也加入問：「初中時已談過了，現在又說？」

鄰班的子駿和國鏘趁小息到 F.5A 教室找國鏗，遇見彩虹五貓在討論英文，子駿決意挫她們鋭氣：「別崇洋了，我給你們猜中文雙關詞吧！猜中可得到我的家傳之寶。」

「誰要你的家傳之寶？」美琪坐在座位笑說。

「是啊！他的家何來有寶？」國鏗和應。

「誰說沒有？我的家傳之寶是『肉嘴』！你們猜在我身上哪一處？」

大家聽在耳中，以為是翡翠玉石的玉墜，香港人常把「玉墜」唸成「玉嘴」，就像把農曆「正月」唸作「晶月」。

「玉墜是以鏈和紅繩掛在胸口的，還要問？」國鏗沒好氣地說。

「男生別答，考全級三甲的都是女生，如此聰明，由女生答。」子駿狡猾地嘿嘿笑。

「你性別歧視呀！」和尚遠遠地喊道。大家由中一開始就叫剪平頭裝的蔡尚賢做「和尚」，就算他在高中時已換了髮型，大家依然叫他和尚。

「我就是歧視男性，你去『平機會』控告我吧！」子駿嬉皮笑臉道。

「真無聊，我重複謝國鏗的答案好了，你把玉墜掛在胸前。」美琪説。

「錯。」子駿洋洋得意道：「張美雪，你考第一，你答！」

「我不浪費時間思考這類無聊問題，才能考第一啊！」阿雪故作一本正經地回應，大家笑彎了腰。

子駿興沖沖地催促：「快上課了，你們答吧！」

「在筆盒裏嗎？」讀 F.5C 商科班的顧欣盈問。顧欣盈由中一開始參加體操隊，跟子駿和美琪是隊友，她一直喜歡子駿，只是子駿不知道。

「哈，答錯，不過你有勇氣回答，我樂意跟你分享家傳之寶。」子駿繼續慫恿其他同學回答：「你們答吧！答中的話，我請你們吃雪條。」

「一條紅豆雪條！」阿恩豎起食指議價。

「好吧，答對的話，請你吃紅豆雪條。」

「家傳之寶就在你的臉上，但你的大嘴巴不是肉嘴，而是豬嘴！」阿恩瞄了瞄子駿，忍不住偷笑。

教室內的同學聽見，想了想，笑至捧腹，子駿也忍俊不禁，走到顧欣盈身旁，嘟起嘴巴說：「恭喜，你可得到我的家傳之寶。」

顧欣盈大叫起來，附近的女同學爭相走避，阿恩攔住子駿，責道：「陳子駿同學，你觸犯香港性別歧視條例，現在還企圖性騷擾女同學，我用手機拍下了你的罪證。」

「玩玩而已。」子駿訕訕地笑道。

「你看顧欣盈的臉多紅？」阿雪模仿法官的語氣道：「你必須請全班同學吃紅豆雪條，才能贖罪！陳子駿你是否認罪？」

「我沒有那麼多錢，你想我破產嗎？」子駿故作不知所措。

我和你分享家傳之寶!

「他一向貪玩，不必罰得這麼重！」顧欣盈漲紅着臉說。

子駿轉頭看看顧欣盈，沒想到她會為自己解圍，卻見她刻意迴避他的目光。

「你變賣家傳之寶，不就有錢請大家吃雪條嗎？」美琪說，在教室裏的同學聽見了也鼓掌大笑。

國鏘主動為好友解圍：「我們替你一起付錢吧！好男不與女鬥，別作無謂掙扎了。」

「你們兩兄弟待我太好了，我就送你們家傳之寶吧！」子駿裝作要吻國鏘，國鏘馬上作勢要抱他，說：「我也回禮吧！」

大夥兒亂作一團，誰也沒留意上課鐘聲已響，中文科老師來到門前，看見國鏘和子駿追逐，乾咳一聲，全班同學安靜下來。

「快會考了，還像小學生一般嬉戲。」老師板着臉說。

子駿和國鏘連忙道歉，逃難似的跑回理科班的教室。

「會考而已。」阿恩輕聲說。她最討厭父母和老

師動輒以會考嚇唬人，彷彿會考生不能說笑，不需娛樂，只管死讀書。

老師聽覺靈敏，走到阿恩的座位，敲敲她的桌子，說：「宋美恩，是否有問題？」

「沒有。老師說得對，我們在會考前不宜嬉戲。」說時，阿恩瞄向窗外的藍天，對老師不屑一顧。

老師不跟她糾纏，托一下眼鏡，走到黑板前，向全班同學說：「你們知道會考影響多少人的一生？你們這一代太幸福，太多機會，當年我們一試定生死，會考失敗就必須找工作，甭想讀大學。就算成績好，也未必有機會升學。當年老師會考及格，但家境清貧，沒餘錢讀書，只好離校找工作。你們有機會還不好好把握，真的身在福中不知福。」

阿恩心想，為什麼成年人總愛話當年？悶透了！她不認為會考可定生死，也不認同現在的學生比從前幸福；會考快將改制，2010 年的會考生連重考的機會也沒有。不過，她倒有興趣知道從前的人怎樣考會考。

愛與自由

小息時，F.5A 的同學圍在教室外閒聊暑假怎樣過，他們都不約而同談起補習。

學校歷屆公開試成績理想，已出了幾個十優狀員。這間名校的中五生，基本上不用擔心會考不及格。他們中四時已讀畢中五課程，中五那年集中複習歷屆試題，彷彿多讀一年會考班。不過原校升讀中六並不易，不少學生為怕失手，但求心安，花錢補習，這種現象並不健康，但大家見怪不怪。

小敏跟美琪談起，她的私人補習老師全是外國名牌大學的退休教授或博士生，美琪聽後羨慕不已。小敏好奇地問：「你有進貢給補習社嗎？」

「沒有。」美琪一臉無奈：「哪有時間？暑假忙透

了，照顧爺爺的菲菲因兒子病重，急於回鄉，她上機前哭了多晚，爸爸不用她完成合約期內的工作，讓她提早回鄉，還給她一點錢。」

「小心外傭騙錢。從前我家的菲菲說她爸爸得重病，騙了我們的錢回鄉，就沒有回來了！」小敏認為窮人特別貪心，中二時有同學騙她的錢，看見她掏錢包就開心；她家裏外傭多，有些外傭心懷不軌，她曾多次受騙，所以想特別提醒美琪。

「爺爺教我要信任別人，常說疑人莫用，用人莫疑。」美琪堅定道：「沒有菲菲陪爺爺散步，爺爺可能走失了。他曾迷路，嚇壞我了，幸好最後找回來呀！」

來 F.5A 教室找同學的顧欣盈聽見美琪的爺爺曾走失，倚近美琪身邊輕聲說：「我的太婆死前幾年經常走失，後來才知道患上老年癡呆症，你爺爺也得了這病嗎？」

美琪眼眶一紅，無法回答。小敏看見美琪的反應，呆了一呆，一直在旁的阿雪連忙轉換話題，問顧欣盈：「你有補習嗎？」

「當然有，補三科。」顧欣盈苦笑道：「像阿雪你這樣的高材生不會明白我們這些中下游學生的感受。我怕分數不夠，學校不要我！你的成績那麼好，不用補習吧？」

阿雪剛想回答，上課鈴聲響起，顧欣盈連忙回到商科班的教室裏。阿雪當然沒有補習，媽媽大病初愈，無法工作，負擔不起阿雪的補習費用，阿雪更要在暑假替鄰居小學生補習中英數。屋邨裏多是基層市民，部分更是綜援戶，阿雪收取的補習費很少，不過當作幫助鄰居，賺少許零用錢而已。

同學每談及補習時，阿恩就想起王文偉。王文偉是阿恩中四時認識的網友，現讀中六。原本他想帶阿恩參加補習班，賺點佣金，怎料被阿恩作弄了。當時阿恩化名為婷婷，說自己來自成績極差的中學，需要補習。後來王文偉在學校遇見她，才知道與她同校，

「婷婷」不是她的真名，而且是讀書過目不忘的資優生。王文偉並不生氣，仍繼續關心她，希望她能拔尖上大學。他在暑假時給她近五年英文科補習筆記，當中的練習近似公開試題目。他說，不少會考試卷由名校老師撰寫，據說曾有幾年名校模擬試卷與公開試題非常相似，風聞的學生極渴望得到名校試卷。其實補習天王並非短期內提高學生能力，只是給他們考試貼士；所以公開試成績好的學生，可能完全不理解自己填寫的答案。

阿恩覺得會考很無聊，根本沒想過花錢補習。每天放學回家，其他同學都努力備戰，她則躲在房間上網，直至吃晚飯才走出來，使媽媽以為她在溫習。她曾上網搜尋會考的背景資料，知道會考長達七十多年，影響無數學生。香港在 1935 年已有近似會考的公開試，1937 年正式命名為「香港中學畢業會考」，由教育司署舉辦，專為英文中學學生而設。中文中學的學生一直沒機會考公開試，直至 1952 年才有「香港中文中學高中畢業會考」。1974 年政府把英中和中中的會考合併為「香港中學會考」(HKCEE)，一直沿用至今。她在腦海重組資料，想到從前中中學生難以入大學，做公務員更不用想，自從「香港中學會考」出現，情況才有改善。

阿恩想起媽媽當日知道她獲派這間英中，高興得像中獎似的。無論哪個階層的香港人，都認為英中比中中好，這種想法潛伏在好幾代香港人的潛意識，是殖民地政府重英輕中政策的結果。

中學會考將於2010年辦最後一屆，連中七時考的高級程度會考也在倒數。將來全港中學改成六年制，會考和高考合併為「香港中學文憑試」。阿恩慶幸自己不是最後一屆會考生，但同時為面對新學制的學生而慨歎，第一年「香港中學文憑試」總有實驗成分，考生未免要做白老鼠了。

她又想，補習社的生意應該有變，兩次公開試，補習社可賺兩筆錢；將來會考與高考合併，只能賺一次。她隨即想起王文偉，通常中學生向同齡的人介紹補習，會更有説服力；中六的他看來已像大學生，幾

年後樣子更老成，如何遊說網友跟他去補習？不知他……

阿恩拍自己的頭一下，怪責自己無緣無故想起他。她覺得暗戀人很辛苦，王文偉一直沒有特別表示，要是被他拒絕怎辦？自從中二時被自己喜歡的老師拒絕後，阿恩發誓永遠只做被愛的一個，不會先愛上任何人。

在九月最後一天，夜幕低垂，阿恩在家裏上網上得悶了，關上電腦，聽到客廳傳來幽幽的歌聲。阿恩想，如今媽媽仍堅持聽 CD，不在網絡世界下載歌曲，真不可思議。

媽媽喜歡聽上世紀的老歌，什麼蝴蝶飛花、葬花葬心，纏綿幽怨。從前阿恩覺得很老套，但也許讀書多了，漸漸懂得欣賞歌詞的美感。聽着，驀然分心，笑了，心想莫非將要成年，內心急速衰老，漸漸接近媽媽的情懷？

儘管反叛的阿恩不願像媽媽，但遺傳基因卻使她漸漸接近母親。

阿恩莞爾，打開房門，看見穿着圍裙的媽媽坐在沙發上，一邊聽歌一邊看肥皂劇，也許她很寂寞吧！阿恩在媽媽身旁，跟她一起看電視。

「不用溫習嗎？」

「溫完了。」

「嗯。」

「那個是壞人嗎？」阿恩找話題跟媽媽聊天，媽媽雙眼發亮，說：「他是大壞蛋呀，害死女主角的男朋友和男主角的爸爸，連養母都不放過……」

媽媽年輕時懷了阿恩，急於奉子成婚，當年夫妻二人都不成熟，婚後經常為小事爭吵。媽媽覺得彷彿結婚後就沒有自己的人生，每天看電視，總覺得她的人生不及肥皂劇主角的精彩。

阿恩對肥皂劇不感興趣，但想不到還可以跟媽媽聊什麼，又怕她說那些努力讀書的大道理，就容讓媽媽自個兒講解劇情。

電視劇並不吸引，但張太太凝望熒幕，企圖專注於電視劇上，忘記為女兒臨近會考仍要兼職補習而心疼。

聽到門匙轉動的聲音，張太太故意三秒後才轉頭，以免讓女兒知道她太緊張了。

「媽，我回來了！」阿雪輕輕説。

張太太站起來，拍拍家中惟一有軟墊的木椅，説：「這麼晚才回家，應該很累了。快坐下，待我弄熱飯菜，很快可以吃。」

「讓我做吧！」阿雪打算走進廚房。

「不用了，我整天在家，連這點家務也不讓我做嗎？」媽媽搶着進去。

阿雪沒説話，回房間換上休閒服，出來看見桌上放了一碟昨天剩下的菜，和兩碗白飯。

「哇，我最喜歡的芽菜炒蛋啊！」阿雪誇張道。

媽媽笑起來，説：「來，趁熱吃。」

阿雪專心地吃飯，張太太在旁看着女兒，感到非常幸福。

她們住的是面積最小的公屋單位，雖然沒有多少家具，但有許多書籍，使單位更顯狹窄。那些書是張氏夫婦從前買下的，無論搬家多少遍，仍然跟着他們。公屋單位的廚房和客廳很接近，飯後張太太一邊洗碗，一邊跟女兒談談學校近況。阿雪刻意告訴媽媽學校趣聞，談起子駿的「肉嘴事件」，說大家吃紅豆雪條時，還在取笑他。

「中五了，你班的男生很遲熟！」

阿雪一邊說，一邊翻閱筆記：「不過是陳子駿和謝國鏗兄弟個別問題吧！你還記得中四聯校歌唱比賽那天嗎？大唱《飯團無限好》的三個傻瓜，就是他們。」

張太太笑了，抹乾雙手，走出客廳，頓一頓說：「不要再補習賺錢了。可惜我身體差，人家換腎後就可如常工作，我卻病懨懨的。我打算再申請綜援，節省一點就夠生活了。」

「上次申請綜援時，職員諸多留難，不要申請

吧！替人補習很開心，學生很喜歡我，如果我走了，他們會不捨得。我一向成績好，一定可以考到十優，直接入大學！」阿雪滿臉堆笑，緊握母親的手。

「別給自己太大壓力，十優可不是那麼容易，總之盡力就行。我隨時可申請綜援，你不必怕傷害媽媽的自尊心；這是暫時的，待我身體好轉，就可工作賺錢。」張太太輕撫阿雪烏亮的頭髮，無限憐惜。

阿雪堅定地説：「媽，別多想了，如果走到這田地，我一定跟你説。」

「你像爸爸，什麼事也獨力承擔，太辛苦了。」

阿雪眼睛濕潤，連忙低頭收拾筆記，不讓媽媽看見，低聲説：「媽，不説了，我想早點睡一睡，凌晨起牀讀書。」

張太太察覺到阿雪情緒低落，但女兒畢竟長大了，要是她不主動提及日間的不如意事，作母親的亦不多問，只管輕輕道：「你把鬧鐘調到幾點？媽起來為你弄早餐。」

阿雪打起精神，微微一笑，説：「媽，你多休息，我自己弄就行。」

「別太用功，多睡一會！」

「知道了。我洗澡了。」

眼看女兒忙碌一整天，應該很累，但仍裝作精神抖擻，張太太自責無法幫助女兒，只好提醒自己鍛煉身體，讓女兒有個健康的母親。

阿雪梳洗後，看見媽媽已睡覺，她靜悄悄地調校鬧鐘，凌晨四時起牀讀書。

張太太躺在牀上，在黑暗中默默淌淚。

彷彿躺下不久，鬧鐘便響起來，阿雪連忙按停，深怕吵醒媽媽。冰箱內有蛋和火腿，阿雪做了一碗腿蛋麵。老師說早餐很重要，阿雪知道必須吸收足夠營養，才有精力應付考試。醒來吃一碗熱騰騰的腿蛋麵，阿雪已很滿足。

她撳開檯燈，翻開筆記細讀，讀到一半有點睏，洗把臉再讀。同學羨慕她成績好，卻不知道她如何努力。

將近天亮，阿雪很疲倦，拿出爸爸留給她的寶貴盒子，內裏收藏着爸爸去世前寫給她的信。阿雪小時候，爸爸患癌病去世，阿雪對爸爸全無印象；然而，對她來説，這個寶貝盒子承載着世上最珍貴的東西。雖然爸爸要求她在適當時才拆信，但她的好奇心比服從的意欲更大，她常偷偷讀信，感到爸爸一直在她身旁，親睹她的成長。

阿雪按年份找到談及會考的一封信，她忘了看過多少遍，仍然忍不住重讀一遍。

美雪：

這封信寫給面臨會考的你，我希望你拆閱時是充滿信心的。

爸爸在 1981 年考會考，我讀文科，報考八科。當年我常夢想拿八枝火箭，即是八科 A，做八優狀元，一舉成名天下知。你會取笑爸爸無聊吧！

我們稱 A 為火箭，F 為機關槍，即不及格；H 為擔梯，即比不及格還要差。八個 H 排在一起，實在像天梯。哈哈！

你的祖父母讀書不多，對我沒有很大期望，當我告訴他們會考五優三良時，我爸只是應了一句，我媽忙於洗菜，喚我替她買醬油。他們從不給我壓力，但我知道必須考上大學，找到高薪的工作，才有機會讓一家人搬出公屋。

美雪，以現代人平均年齡來說，你的祖父母和外祖父母都算早逝，加上我的病，我們的家族病史可不少；你務要注意健康，小毛病也要檢查清楚！

相對於健康和生命，會考真的微不足道。美雪，你擁有我和你媽的高智商遺傳，相信只要有興趣讀書，就能輕易考得好成績；你對讀書沒有興趣，重考十次也不會考得好。

爸爸有好幾個同學會考擔梯，幾年後相聚，知道他們都有不俗的發展：愛美的女同學做了化妝小姐；擅長運動的同學拿了不少學界體壇獎盃，後來讀建造業課程，現於地盤工作，快升為科文；喜歡畫畫的同學上課時常畫漫畫，會考後讀平面設計，後來在廣告公司工作。他們生活愜意，可見條條大道通羅馬，會

考不過是人生無數關卡之一，並非不重要，但非重要得讓人感到太大壓力。

美雪，盡力讀書，好好考試。只要不偷懶，問心無愧，無論成績如何，我們都支持你的。

我喜歡泰戈爾詩集《流螢集》第十首，尤其是以下幾句：

讓我的愛
像陽光一樣包圍你
同時給你
光輝燦爛的自由

我可給你的就是愛和自由，你不必憂慮成績欠佳會令我們失望。我關心你可有發揮所有，而非你的成績。我關心你是否快樂，你能夠健康成長，爸爸已經很高興。你拿一手火箭，人生路途或會走得較輕易；即使讀書不成，你仍可做個正直良善的人，只好怪我們生得你太笨吧！哈，你受得了爸爸的幽默嗎？

現在我寫信給十多年後的你，我沒把握能跟你好好溝通。不過，愛是不用說明白的，你的祖父母從來不理解我的學業和職業，但我知道他們愛我，希望你也知道爸爸愛你，永遠愛你。

咸豐年前考會考的爸爸

P.S. 你大概不明白咸豐年前的意思，可以問媽媽。

每次讀信，阿雪都覺得爸爸的信太短，太快讀完。爸爸比她想像中幽默，讀信時阿雪常常又笑又哭，她不知為何流淚，甚至不知道眼淚什麼時候流下來，只知道淚水悄悄滑過臉上，有點涼。

阿雪伏在桌子上休息一會，她感謝父母給她自由，但過於自由讓她不知所措。同學的父母早已為他們鋪路，小敏答應父母不浪費時間留港讀預科，到美國升學去。聽小敏說，美國沒有預科，她爸爸早已為她找到大學，讀夠學分就可畢業。

對阿雪來說，負笈海外是不可能的事，她不明白，也不必明白美國學制跟英國的分別——這是她無法觸及的世界。所以小敏跟彩虹四貓複述父母和補習老師的意見時，阿雪沒有用心去聽。

阿雪對許多科目都有興趣，她可自由選擇預科和

大學修讀的科目，但不知怎樣選。沒有邊際的自由也是一種限制，她囚困在各種自由當中。她寧願父母減少她的選擇，替她收窄範圍，例如先替她選擇三科，再讓她選一科。

當同學抱怨父母要他學這樣學那樣時，阿雪總是沉默，心底裏有點羨慕同學不必為前途操心，甚至不必多想自己的興趣，反正有父母安排一切。學習鋼琴一年後，要是沒有天分或興趣，可改學小提琴或現代舞。對阿雪來說，上興趣班的記憶，已經很遙遠了。其實她很想學跳舞，只是從來不敢提出，家裏的擔子已經夠重了。同學埋怨父母把他們的時間表排得滿滿時，阿雪只能微笑，細聽同學各種過於幸福的抱怨。

爸爸說給她愛和自由，然而她根本想不出還有何選擇，除了努力讀書，爭取最好的成績外，阿雪不知她還可做什麼。

伏在桌上的身體彷彿愈來愈沉重——阿雪想跟同學說，她寧願不要大家讚賞的好成績和漂亮的外表，她只想在爸爸身邊，做爸爸的笨小孩和醜小鴨……

阿雪在夢中走近一個人，她知道那是爸爸，卻無法看見他的樣子，背後聽到媽媽的聲音：「阿雪，阿雪，別睡了，要上學啦！」她回頭，爸爸不見了，她大喊：「爸爸，爸爸，別走呀……」

「阿雪，又做噩夢嗎？快起來，怎會伏在桌上睡覺？」

阿雪稍稍清醒過來，媽媽的聲音一下子把她拉回現實。張太太拿來熱毛巾，一臉憂心：「長大了，還為噩夢流淚嗎？」

阿雪抹去額上的汗，說：「媽，我想喝水。」

張太太轉身到廚房，阿雪連忙把爸爸的信收好。張太太早知道女兒偷看那疊信件，沒有說破，讓乖巧聽話的女兒保留一點違反父母指示的自由，也不為過。

「你剛才夢見爸爸了？我聽到你喊爸爸呢！」張太太故作不經意地問。

阿雪點點頭，無意說下去。張太太問女兒可要吃早餐，阿雪搖頭。她回房間換上校服，又折回來問：

阿雪，要上學了！

「媽媽，你的會考成績如何？」

「幹嗎問咸豐年前的事？忘了。」

「為什麼老說咸豐年？」

「爸爸說你的祖父喜歡想當年，常自嘲所說的全是咸豐年前的事。咸豐是清朝的皇帝，我不知道為什麼不叫康熙年前，或雍正年前的事啊！」

「媽媽，你一定記得你的會考成績，是否全是A，怕給我壓力才不說？告訴我吧！」阿雪輕搖媽媽的手臂，哀求道。

「我也想全是火箭。大概是 3A4B，或是 4A3B 吧。」

「嘩，你的成績真好！」阿雪拍掌，刻意逗樂。

媽媽笑道：「因為我喜歡讀書吧。你的成績一向很好，別給自己太大壓力，如常溫習和考試就行。」

「要是我成績欠佳，可以找工作。」

「傻孩子，別想太多，你有能力讀大學的，專心讀書就行。」

阿雪準備出門，跟媽媽說：「你再睡一會，我上

學了。」

「今天早點回來吃飯吧！」

「不行哦，我五時要到李太家補習，七時到陳太處，至少九時才回來，別等我吃飯了。」阿雪忙於穿鞋子。

「阿雪，跟陳太説不幹了，少做一兩份補習，早點回家休息吧！」

阿雪背向母親，鼻子一酸，她多麼想辭掉補習，每晚回家吃飯，但她知道這樣做，就一定要申請綜援，她不願媽媽被人問為何病好了，學歷又那麼好，仍然不上班。雖然媽媽的病好了，但身體太差，不能工作。阿雪近日讀報，知道有癌症病人康復後，即使沒有復發，但因治療過程對身體破壞太大，最後感染小病而死。

「阿雪，你沒聽到我説話嗎？」

阿雪背後響起媽媽溫柔的聲音，她深呼吸一下，轉身時展示如陽光般燦爛的笑臉，刻意提高聲調說：「媽，這兩個補習學生都很乖，李太和陳太經常請我吃糖水、點心和生果，前天我才吃了陳太的水晶梨。替人補習很開心，不過是晚點回家，不能陪你吃晚飯。」

張太太還想說話，阿雪臉上堆滿笑，拉上鐵閘：「我上學了，你再睡一會吧！」

走到轉角處，阿雪拿出手帕抹眼淚，在擠滿人的電梯裏，更忍不住抽搭起來。回校途中，她跟自己說：今天眼淚太多了，可不要被人看到雙眼紅腫！

走近學校大門時，阿雪已回復平靜，在學校她就是成績優異乖巧文靜的張美雪，這五年中學生涯，讓她學會如何應付日常生活。

不知是阿雪聽覺靈敏，還是校門附近拍照的手機很接近她，阿雪清楚聽到手機拍照的聲音。她讓聲音隨風而過，沒有好奇張望，只專心想着如何應付當天的課堂，默默踏入校門。

記憶與遺忘

醫院的老人科牀位有限，隨着人口老化，病牀需求更大。不少年長病人病情反復，有時嚴重得要到深切治療部接駁儀器觀察，有時病情好轉，可如常生活。

有些長者家人半夜接到院方來電，全家趕到醫院，以為見親人最後一面，怎料病情好轉，最後返家休息。彷彿是「狼來了」的黑色幽默故事，結果當病人真的離世時，家人掉以輕心，沒有即時趕到醫院，就無法送別了。

美琪的爺爺除了患上老年癡呆症，早前曾中風入院，情況危殆，活過來後，病情漸趨穩定。老年癡呆症使他的大腦不斷萎縮，慢慢失去照顧自己的能力，簡先生只好將爸爸送到安老院去。

爺爺住進安老院後，爸爸不時載美琪前往探望。有次美琪去到安老院，看見爺爺在大廳跟院友玩撲克，不禁問爸爸：「老人院可以賭錢的嗎？」

「他們不是聚賭，聽霍姑娘説，老人家玩撲克或打麻將，多動腦筋，有助延緩腦部退化，你看爺爺玩得多高興。」

美琪搬來一張椅子，在爺爺身旁坐下來。爺爺輸了，把紙牌甩在地上，轉頭喝罵美琪：「你是誰？幹嗎坐在我身旁？你甫坐下，我就輸了，你快點走！走！」

爸爸連忙握住美琪的手，把她帶到身旁，安慰説：「不要生氣，醫生説，有些患者會變得脾氣暴躁。我們來探爺爺，不過想一家人開開心心相聚，你別放在心上！」

在記憶裏，爺爺從來不責罵她，怎會那麼兇巴巴？豆大的淚珠在美琪的眼眶滾動，她不因被爺爺么喝而難過，只是驀然明白，她認識的爺爺已經不在這

軀殼中，眼前的是另一個人，而在「爺爺」眼中，她不是乖巧的美琪，而是陌生人。

聽到爸爸的話後，美琪忍着淚點頭。

「這才是我的乖女兒。」

爺爺連輸幾局，大發脾氣，責罵院友串謀出千，一羣老伯像小學生似的吵架。霍姑娘走來勸止，他們不歡而散。

霍姑娘跟美琪爸爸說：「簡先生，你們打算帶簡伯伯出外晚膳嗎？」

「當然。」

「跟我來填表格吧！」霍姑娘示意簡先生跟她到辦公室。

美琪留下來等候，爺爺望向她，突然清醒過來，大喊：「美琪，美琪，你來看我嗎？」

「爺爺，你認得我？」美琪立即趨前握緊爺爺的手。

「唏！我怎會記不得乖孫女，你以為我傻了嗎？」

美琪笑起來，原來爺爺還是爺爺，只是間中記不起親人和生活瑣事。美琪笑着流淚，爺爺無限憐惜地說：「別哭，別哭，誰欺負你？淑貞，有人欺負你嗎？」

美琪知道爺爺把她看作年輕時的妻子，又點頭又搖頭，眼淚流得更密。簡先生走近牀沿，在爺爺身旁填寫外出表格。美琪偷偷拭淚。

爺爺的大腦像不停轉換頻道似的，兒子走近，就以為孫女是媳婦，跟美琪說：「幹嗎不高興？家嫂，一定是細牛欺負你，我替你教訓他。」

美琪的眼淚還是忍不住流下來，簡先生搭着美琪肩膊，示意她抹掉淚水，美琪帶笑跟爸爸說：「我們外出吃飯吧！」

爺爺一副嚴父模樣：「我說過多少次，男人要遷就太太？你老欺負家嫂，她跟我說要和你離婚，你們怎搞的？怎可以離婚？美琪怎麼辦？細牛，你別再弄哭家嫂！」

簡先生想起結婚初期，為事業奮鬥，冷落妻子，以為妻子明白，想不到不但妻子抱怨，連爸爸也教訓

他。那時候，他認為妻子不體諒他，發小姐脾氣，很少想到她有多寂寞。

簡先生沉默，挽着老父的手，像小時候爸爸拖着他一樣。以前爸爸強壯的大手握着他的小手，現在他卻輕握爸爸老弱的手，低聲說：「爸，你放心，家嫂不會再為我流淚。」

爺爺聽覺退化，聽不清楚兒子的話，大聲問：「細牛，你說什麼？」

簡先生心下戚然，無意再提往事，微微一笑，說：「爸，我們走吧。」

美琪回想跟媽媽一起的時光，默然低頭走路。

簡先生怕爸爸走路太累，就借用安老院的輪椅，推他外出。爺爺像小孩子期待上街已久，興奮地說：「噢，我要換衣服，換上街穿的衣服啊！」

「你這身衣服很好看！」美琪說。

「真的？這樣上街可以嗎？」爺爺說。

「對，我最喜歡爺爺穿襯衫西褲，爺爺是最英俊的。」美琪逗得爺爺大笑，一家人坐上爸爸的汽車。

那一晚，他們一家老中青三代到安老院附近的酒樓吃飯，爸爸點了一桌子飯菜，他說吃不完就打包回家。爺爺想喝啤酒，爸爸讓他喝少許。爺爺開心得瞇起眼睛笑說：「你們不許告訴霍姑娘。」就像小孩子偷飲爸爸的啤酒似的。

爺爺要上洗手間，簡先生扶他離座。美琪看見爺爺和爸爸的身影，想起初中讀過朱自清的〈背影〉，眼睛濕潤起來。有一天，爸爸老了，她可有氣力帶爸爸上洗手間？抑或，將來她的另一半可代勞？

美琪忘記吃了什麼菜，只記得爸爸和爺爺說了許多美琪聽不明白的話，大多是爸爸的童年往事，還有爺爺小時候走難的經歷。美琪沒搭腔，但聽得很開心，彷彿跟爺爺很接近，並非小時候伏在爺爺肚皮上睡午覺的親近，而是一種難以言傳的心靈交通，她希望那頓飯永遠吃不完。

簡先生工作的公司原本有幾個日本大客，但日本

經濟下滑，內地經濟起飛，公司要開拓內地新市場。管理層要簡先生把手上的日本客交給下屬跟進，然後到內地接洽新客戶。簡先生工作日漸繁忙，但對他來說，這是升職加薪的好機會。

爸爸經常加班，美琪則忙於溫習，父女難以相約一起探望爺爺。原本每星期一次，變成兩星期或三星期一次，最近甚至整個月沒有前往安老院。

冬天某幾天特別寒冷，安老院的霍姑娘致電簡家報告：「簡伯伯近日感冒，駐院醫生建議送他入院。」

美琪心裏慌亂，呆了半晌才問：「哦，在哪間醫院？」

霍姑娘說了醫院和牀號，稍稍停頓又說：「你們好些日子沒來看他了，簡伯伯每天望向大門，好像等待家人探望他似的。」

美琪連忙解釋道：「爸爸工作忙，晚上我睡覺了，他還未回家，星期六和日都在公司；我今年會考，常常要溫習測驗……」

「我明白你們很忙，不過順便說說而已。」霍姑娘打斷她的話。

美琪還想解釋沒有探望爺爺的原因，辯清自己並非刻意忽略爺爺，只是太忙而已，但霍姑娘很有禮貌地表示還有事要辦，要掛線。

美琪馬上給爸爸電話，但電話未能接通，也許他正在開會。她打電話給阿雪，聽到好友溫柔的聲音，心裏踏實下來，輕輕問：「阿雪，明日放學後，你可以陪我到醫院探望爺爺嗎？」

如果要美琪選世上最不願踏足的地方，那一定是醫院。兩年前，爺爺突然中風，要送院搶救，她害怕在醫院裏聽到壞消息，或做生死攸關的決定，所以去醫院探病的次數愈多，愈希望有人陪伴。

「不好意思，我真想陪伴你，可是我要替學生補習。」

「你還要補習賺錢嗎？」美琪感到難以置信：「我們是會考生，只有會考生需要補習，怎會替人補習？你哪有時間溫習？」

「我當然會儘量抽時間溫習。媽媽曾做換腎手

術，現在要吃很多抗排斥藥，醫生説她的體質較弱，康復比正常人慢，容易患病，不能過度操勞。原本媽媽在補習社當兼職導師，但因身體受不來，辭了職，現在家裏沒有收入，又沒領綜援，我必須想辦法賺錢。」

「那可以再申請綜援吧？」

「媽媽説待她痊愈後，會再找工作，那時候，我就可暫停替人補習。美琪，我並非怕綜援的負面標籤，只是不走到最後一步，也希望靠自己雙手掙錢。」

「嗯，明白了。」美琪幽幽自責：「我以為會考這一年，你可以專心備戰，想不到仍有那麼多顧慮，但我卻以準備會考為由忽略了爺爺，是否很自私？」

「不是，別責備自己。爺爺也想你學業有成，將來升上大學！」

美琪提起精神，説：「是，我考好會考，才有資格上大學。將來我要邀請爺爺參加我戴四方帽的大學畢業禮。」

「那時彩虹五貓一起戴上四方帽，一定很好看。」阿雪頓了頓，說：「啊，你大可約婷婷、小敏或阿恩陪你探望爺爺吧！」

「不用了。看見你那麼獨立，我怎可以連探望爺爺都渴望別人陪伴？」美琪的語氣帶點沮喪。

「別這樣說，大家是好朋友，相信她們跟我一樣，很樂意陪伴你。嗯，你還可約子駿和國鏗，讓爺爺幫忙選孫女婿！」

「阿雪，你何時學壞了？跟我說這些話。」美琪嗔道。

「我跟摺耳貓學壞了，喵喵！」阿雪扮作貓兒嬌嗲地叫。

她們在笑聲中掛線後，美琪的腦海立時浮現國鏗的樣子。她覺得國鏗為人可靠，富同情心，心想讓他跟爺爺閒聊也好，爺爺喜歡跟男生聊天。

國鏗接到美琪的來電邀請，受寵若驚，連忙說：「沒問題，沒問題……好，好，到時見。」放下電話後，他在客廳裏手舞足蹈，擋住了國鏘正收看的美國

電視劇。

國鏘皺着眉頭問：「你抽筋嗎？」

「你的中文太差，表達能力有問題，別亂說話。我是興奮得跳起舞來，不是抽筋。」國鏗笑得合不攏嘴。

「No way，你明明抽筋，別裝酷了。喂！走開點，我要看電視。」國鏘裝作生氣，心裏卻感受到哥哥的喜悅。

國鏗沒理會弟弟，只管傻笑。他跳着舞，走進浴室，一不留神，滑倒在地，但仍哈哈大笑。洗澡時，他放聲高歌，覺得這樣的日子實在太美好了。

國鏘在客廳沒好氣地大喊：「夠啦！你的歌聲很難聽！」

兩兄弟分隔十多年，國鏘回港才一年多，想不到這麼快就跟哥哥親厚起來。也許是雙生兒的關係，他覺得跟哥哥心靈相通，看見哥哥快樂，他的心情也愉快起來。

簡先生臨時被急召到北京公幹，他平常隨身帶着回鄉卡，便即時趕到機場；那時候美琪仍在學校上課，他不想打擾，在電話裏跟菲傭交代了就上機。在京城忙了一天，回到酒店，已是半夜。洗澡後，簡先生躺在牀上，忽然惦念爸爸，很想立即回港到安老院去。簡先生愈想愈疲倦，思緒愈飄愈遠，彷彿回到小時候，跟爸爸到大埔林村旅行，那時爸爸很年輕，挽着他的小手，告訴他各種動植物的名字，那時的快樂很簡單……

美琪很想跟爸爸一起探望爺爺，但她一直無法聯絡爸爸，只能跟他的祕書留言。

在教室裏美琪嘗試集中精神聽課，卻聽不進耳，她的心早已飄到爺爺牀邊。

國鏗不時偷看美琪，見她盯着黑板發愣。美琪漂亮的側面，使他的心怦然，連忙把視線轉向黑板。

放學後，國鏗跟子駿說：「我，我要留在學校補

課，你和國鏘先回家吧！」

「Don't be silly，你以為我不知你在説謊嗎？」國鏘故意捉弄他，轉頭跟子駿説：「哥哥説謊時會眨眼，你看，他明顯在説謊，好卑鄙呀！」

「這不叫卑鄙，別亂用詞語。常叫你學好中文，你總不聽話。子駿，別聽他胡説。」國鏗慌忙為自己辯護，國鏘竊笑。

子駿意味深長地瞄向美琪的座位，見她不時向他們這邊看，心想國鏗必定相約美琪一起放學，才打發他們回家。子駿中一時跟美琪一起參加體操隊，兩人曾有許多一起練習和比賽的機會，他心忖，如果初中時已跟美琪表白，美琪會否接受自己？今天等候美琪放學的可會是他嗎？

子駿立刻提醒自己不要多想，他不想失掉好朋友，早已決定放下對美琪的感情。現在好朋友與她約會，可能發展成情侶，應替他高興才對。他搖頭一笑，向國鏗眨眨眼，搭着國鏘肩膊説：「我們走吧！國鏗佳人有約，他重色輕友，人人皆知。」

「誰説？我真的有要事！」國鏗十分緊張，不時眨眼，通紅的面頰冒汗，生怕鄰座的同學聽見。

國鏘和子駿相視而笑，國鏘跟國鏗低聲説：「Fine，你慢慢辦『要事』吧，逛街看電影吃晚飯是很『要緊』的，既然『要緊』，別太早回家，我跟爸爸兩人吃飯好了！」

國鏗不懂回應，只管傻笑，偷偷望向美琪，看見她也忍不住笑起來。

同學陸續離開教室。國鏗和美琪「前後腳」走出學校，像娛樂圈同場演出的藝人情侶，刻意避開對方，以免傳出緋聞。他們怕同學謠傳他們拍拖，人言可畏！

國鏗在巴士站停下來，待美琪走近，低聲問：「我們要買點東西探病嗎？你知道爺爺可以吃什麼嗎？」

「不知道。」

「既然不知道，探病後再買。」國鏗説。

巴士上層乘客不多，他們在雙人座位上並肩而坐，感覺很甜蜜，靜默不言。國鏗的陪伴，讓美琪感

到很安心。國鏗深呼吸一下，嗅到美琪頭髮的香味，心裏有說不出的愉快，彷彿躺在鮮花盛放的花園裏。

來到醫院，他們按指示箭嘴，找到簡伯伯的病房。美琪跟在國鏗背後，想起初中時國鏗個子小，活像小學生，這幾年卻長高了，言談舉止漸見男子氣概，現在跟他說話時總要仰起頭。

雪白的病房裏一片愁雲慘霧，不少病人在呻吟和歎氣。簡伯伯的牀位靠窗，美琪趨前，看見爺爺瘦了一圈，但精神不錯，正在讀報。他看見美琪走進病房，連忙招手，大聲說：「淑貞，你帶我逛街嗎？我們很久沒看戲了。」

國鏗不明所以，只見美琪笑說：「你乖乖休息，待會帶你上街！」

「淑貞，這兒很悶，我們回家吧！」爺爺像小孩子一般鬧別扭。

美琪點點頭，在牀沿的椅子坐下，說：「爺爺，我是美琪！」

「我們坐『嘩啦嘩啦』過海吧！」爺爺仍在想辦

法外出。

國鏗走近打招呼道：「簡伯伯，我是美琪的同學謝國鏗。」

「你不是！你是大頭明，一定是大頭明。有次我們晚了回家，沒有渡輪了，我們就坐嘩啦嘩啦過海，你暈船，吐了，你忘了嗎？」

國鏗微笑，不置可否。

剛巧護士派藥，看見他們，問：「你們是病者家屬嗎？」

「我是孫女。」美琪站起來說。

「醫生說他明天可以出院，我們會直接送他回安老院。簡伯伯的感冒剛愈，但老年癡呆症嚴重了，腦部一直萎縮，你們多點跟他談天吧！」

美琪點點頭，國鏗問護士：「姑娘，簡伯伯說的『嘩啦嘩啦』是什麼？」

護士把藥片送進簡伯伯口中，笑說：「我聽外婆說過，早期香港未有地鐵，也沒有海底隧道，渡海小輪在晚上停航後，往來香港島和九龍的人，只能乘坐

小艇。小艇的摩打聲嘩啦嘩啦，大概因此得名吧！」

「那是很久以前的事吧？」國鏗搔着後腦勺。

「上世紀七十年代的事了，那時我還未出生哩！嗯，我要派藥，不談了。」護士離開後，國鏗歎道：「別說『嘩啦嘩啦』，今年政府要拆掉歷史悠久的中環天星碼頭，老東西都要消逝，我們快變成沒回憶的人。」

「爺爺喜歡跟我談從前的事，所以我仍然知道一些。」

「我爸喜歡八十年代，常說那時香港很繁榮，不過我們還未出生，再繁榮也與我們無關！」

「你們是誰？幹嗎在這兒囉唆！」簡伯伯突然大發脾氣，隨手拿起水杯擲向美琪，幸好國鏗接住了。

國鏗第一次見簡伯伯大發脾氣，嚇了一跳，把美琪拉到身後。美琪緊捉着國鏗的肩膀，感到很委屈，但忍着淚，不想讓爺爺難過。

「你們幹嗎站在這兒？你們從哪條村來？」簡伯伯又拿起橘子擲向國鏗。

國鏗捱了一記，連聲喊：「她是你孫女美琪呀！」

「胡說！我剛結婚，哪來孫女？你們是騙徒，是賊匪！快走，再不走就打你們！」爺爺不住亂扔東西，他們無法安撫他，惟有請護士前來幫忙，護士建議他們先行離開。

其他病人和探病的人望向他們，有種見怪不怪的冷漠。

爺爺的病情惡化，美琪很難過；但同時感到爺爺失控的表現讓她丟臉，有點後悔與國鏗同來。

離開病房後，國鏗想逗美琪開心，說：「你和爺爺曾在天星碼頭逛街嗎？」

「當然有。」美琪沒精打采地點頭。

「趁碼頭還在，我們去看看吧！」

走廊上零零落落地坐着幾個老人，一個老伯在喃喃自語：「你問我愛你有多深，我愛你有幾分……」

美琪也留意到，駐足傾聽：「他在唱國語歌啊！」

護士經過說：「陳伯最喜歡鄧麗君，他年輕時常到廟街聽人賣唱。」

「廟街有人唱歌嗎？」國鏗搔首問。

「陳伯跟我們説過許多廟街舊事，後來病情嚴重，不大説話，高興時就唱唱歌。」

「不高興的時候呢？」美琪問。

「躲在一旁哭泣。」

「他的親人呢？」

「子女都移民外地了。從前有些同在廟街聽歌的公公婆婆探望他，後來沒有了，大概已過世了。」

「噢！我爺爺快要出院了，若我們有機會再來的話，可跟陳伯閒聊。」

護士歎道：「缺乏談天對象的老人家，腦筋退化得特別快。」

美琪心想，幸好中四那年，她和爸爸不時探望爺爺，跟其他病人相比，一直以來爺爺的病情穩定。只是最近他們疏懶了，不知道爺爺的病情是否因此而惡化。

國鏗回望陳伯，只見他嘴巴開開合合，分不清他在唱歌，還是在自言自語。

「我們去天星碼頭吧！」國鏗轉頭跟美琪說。

他們跟護士道別，走出醫院，一起乘坐巴士經海底隧道到中環去。

全球暖化日益加劇，11 月的天氣仍然溫暖。

在沒有航班的天星碼頭前，有一羣人靜坐；幾個學生用粉筆在地上畫下對碼頭的悼念，有些文藝青年在碼頭的石柱上掛上與碼頭有關的藝術作品；途人則忙於為快被清拆的碼頭拍照。國鏗無法想像屹立數十年的鐘數快將消逝，說：「你爺爺曾在這兒深夜乘『嘩啦嘩啦』回家，我爸爸或你爸爸讀中學時，大概也曾像我們一樣放學後到中環閒逛，然後乘渡輪回家。嗯，還有陳伯，他除了在廟街生活外，也會乘船來中環吧！」

迎面吹來的海風把美琪胸口的鬱悶吹散。國鏗看看靜坐的人羣，說：「最近網上對政府強行清拆天星碼頭一事議論紛紛，不少網友提出要保護香港老建

築。國鏘説香港不文明，在美國，政府會考慮建築物的保育價值，不會動輒拆毀。」

美琪見靜坐的人有些在看書，有些在唱歌，有些則躺在睡袋裏，打算長期留守。美琪無法想像如何在人來人往的中環入睡，也無意嘗試。政府有權有勢，事在必行，美琪覺得他們怎樣努力都難以改變結果，她問國鏗：「如果不用考會考，你會加入保護天星碼頭嗎？」

國鏗怔了半晌，說：「我會先照顧爸爸和弟弟，然後才關心社會大事。」國鏗感到家事已讓人困擾不已，沒有能力兼顧社會大事。

「我們走近看看好嗎？」

國鏗點頭：「當然好，現在還不多看兩眼，要待何時？聽説 12 月政府就會拆掉鐘樓和碼頭。」

美琪讀出展板資料：「中環天星碼頭於 1958 年建成，與港人同行了半個世紀，碼頭上的鐘樓更是香港所餘無幾的舊式大鐘……要拆掉真可惜。」

「爸爸説，香港是『借來』的土地，大家用的是

『借來』的時間；就算九七後回歸祖國，香港人仍有『借來』的想法，不覺得這片土地屬於自己。爸爸説身邊不滿政府的朋友，只會移民，不會起來對抗。」國鏗不時在電視看見香港人遊行集會，爸爸從不參與，也沒有鼓勵他們參加。

「我爸也説賺錢最重要，拆掉碼頭會帶來更多經濟收益，所以政府不會退讓，保衛碼頭的人只會徒勞無功。」

他們看見碼頭的石柱裹着白布，上面有許多人簽名反對清拆碼頭。國鏗輕拍美琪的肩，指着柱上一個簽名説：「看，周潤發也有來簽名啊！」

他們好奇白布上還寫了什麼，一個身穿汗衫牛仔褲，皮膚黝黑的青年走近，熱切地問：「你們願意簽名支持保衛天星嗎？」

「好！」國鏗即時答應，「不過，我沒有帶筆。」他希望碼頭得以保留，但為此而露宿街頭，他可辦不到。他像大部分人一樣，很會計算機會成本：與其無功而還，不如省點力氣照顧家人和溫習會考吧！簽名

表達支持，是他惟一能做的。

青年遞上一枝箱頭筆，跟他們侃侃而談：「平日很少港人留意建築物的年齡，如今很多人都在惋惜四十九歲的鐘樓快要消失。政府規定超過五十年歷史的建築物才有資格成為法定古蹟，去年立法會通過拆毀鐘樓時，鐘樓只有四十八年歷史，所以高官認為鐘樓的文物價值不足以原址保存。」國鏗簽名後，美琪在他的名字旁邊寫上自己的名字。白布上寫滿簽名，空間不多，他們的名字很接近。

青年以為他們是情侶，笑說：「要畫個心形圍着你倆的名字嗎？」

美琪沒由來的臉上發熱，轉身走開。

國鏗笑了，追上她，不住說：「人家說說笑，別太認真。」

「你不是認真的嗎？」美琪停下腳步，板着臉問。

國鏗收起笑意，定睛看着美琪，說：「我對你的心意，你應該知道。我爸常說，男人要以事業為重，讀好書找份好工作，才不會『餓死老婆瘟臭屋』

吧！」

「什麼老婆呀？我不過問你是不是認真讀書？」美琪吐吐舌頭，機靈地轉換話題。國鏗知道被捉弄了，也不生氣，只管笑說：「總之，我做任何事都認真。」

美琪心頭一暖，沒再說話，靜靜跟着國鏗漫無目的地閒逛，任時光冉冉而逝。

黑夜將臨，國鏗提議：「我們一起吃飯，好不好？」

「我不餓，沒胃口。」

「怎麼了？」

「我很內疚，只顧讀書，冷落了爺爺。如果我多點探望爺爺，或許他會認得我。」

「即使探望他，他仍有可能忘記你是誰，這是老年癡呆症的病徵，情況難以好轉。你就當作每個星期也探望他，不過有時他不知道而已。」國鏗安慰道。

美琪站在國金大樓下默默落淚，國鏗沒說話，讓她靜靜宣泄情緒。慢慢地美琪的情緒平復，轉身再看

鐘樓一眼，跟國鏗説：「我們回家吧！」

中環天星碼頭是幾代香港人走過的地方，無數人在這兒留下故事，有喜有悲，日子就這樣過去了。

國鏗和美琪乘地鐵回家。地鐵快跟九鐵合併，交通網絡高速發展，轉變和毀滅在瞬間發生；但人們心底裏還是渴望簡單和穩定的生活吧！

地鐵站的通道人頭湧湧，為怕失散，國鏗握住美琪的手。美琪心跳加速，任由他牽着手，默然走進地鐵車廂。

地鐵車廂裏，一對穿校服的情侶纏綿依偎，旁人側目。國鏗心裏渴望像那個男生一樣，將美琪抱入懷裏，但行動上卻放開美琪的手。他想起爸爸憔悴的容顏；這幾年爸爸經歷破產、母親離世等逆境，他不忍爸爸再受打擊。他立心考好會考，不能荒廢學業；他知道，卸下這身校服後才適合談戀愛。

美琪不知道國鏗所想，只覺得那對校服情侶的舉動很難看。國鏗鬆開她的手，她伸手緊握着鐵杆，故作觀看車廂的廣告。

那對情侶下車時，男生把右手放在女生的臀部，美琪心想，到底他愛的是對方的身體，還是人格？美琪忽爾想到，如果國鏗的手放在她的腰間，她會推開他嗎？想到這裏，她覺得自己想多了，以國鏗的性格，他一定不會這樣做。

簡先生從北京回港後，爺爺已經出院，回到安老院了。

12 月的天氣終於轉冷，環保組織指全球氣候升溫，美琪覺得香港只有夏天和非夏天，早已失去鮮明的春夏秋冬。

這個星期六下午，爸爸本與美琪約好探望爺爺，但公司發生事故，未能抽身，只好叫美琪先到安老院，待他辦妥後，再趕來會合。

天空是少見的藍。美琪獨個兒來到安老院，看見

爺爺伸長脖子望向大門，太陽透進室內，把爺爺的影子拖得很長。

一如霍姑娘所說，爺爺總是期盼有人探望他；或者應該說，所有安老院的長者都盼望有人探望他們。

美琪看見爺爺穿上他最喜歡的襯衣西褲，還有西裝外套，打趣說：「爺爺今天很帥！」

「我每天都這麼帥。」爺爺笑呵呵地答，流露出久違的頑皮。

「爺爺，你認得我？」美琪看見爺爺這麼精神抖擻，很高興。

「你是我最心愛的乖孫女，怎會不認得？你以為爺爺是『老懵董』嗎？」

美琪笑了。爺爺雖然瘦了，但精神飽滿，看來清癯健康。她感到一直疼愛她的爺爺回來了。

兩爺孫談了許多往事，傍晚將近，美琪心想，爺爺應該累了，需要休息，但他不肯睡。美琪哄他道：「爸爸很快來到，你先睡一會，才有精神出外吃飯。」

「我要跟你再聊一會。」

安老院的晚飯時間到了，霍姑娘問爺爺可要吃飯，美琪婉拒了，她打電話給爸爸，電話未能接通，明知爸爸在開會，仍難免生氣。

爺爺倚着椅子睡着了，美琪靜悄悄地掏出筆記本，溫習週一的中文科小測。

吃飯時間已過，簡先生還未前來，美琪再給爸爸電話，電話響了好一會，簡先生終於接聽，急速說：「美琪，不用等我，先回家吧！」

「爺爺還沒吃飯！」

「請霍姑娘安排吧！我走不開，晚了，安老院偏遠，可惜我無法駕車來接你，你早點回家吧！」爸爸匆忙掛線。

美琪只好照爸爸吩咐跟霍姑娘說，霍姑娘不經意道：「啊，太可惜了，簡伯伯時刻期待跟你們出外吃飯，這次不行，惟有等下次吧！」

美琪從沒想過獨自帶爺爺外出晚膳，只想早點回家溫習。霍姑娘看了看熟睡的老人，溫和地說：「沒關係，你回家吧！」

爺爺聽到霍姑娘的話，半夢半醒似的說：「美琪，別走，多陪爺爺一會。」

在香港找安靜寬闊的安老院很難，環境較好的安老院大多距離市區很遠。美琪得乘巴士再轉乘小巴離開，返家需時。那時已是晚上八時半了，美琪還未吃晚飯，又餓又累，便輕輕說：「爺爺，我要回家溫習了。」

爺爺哀求道：「陪伴爺爺一陣子吧！」

美琪捨不得爺爺，乖乖地坐下來。

五分鐘後，霍姑娘拿來飯菜，正想給爺爺餵飯。爺爺一手推開，說：「我不吃，我要跟乖孫女談天。」

「爺爺吃飯吧！我餵你。」美琪接過霍姑娘的飯碗，一邊把飯一小舀一小舀送到爺爺嘴裏，一邊談起學校趣事，爺爺的心情轉好，不經不覺吃了一整碗魚肉碎飯。

美琪很肚餓，加上時候不早，便說：「九時了，爺爺，我要回家了。」

「多陪爺爺一會吧！」爺爺像小孩子在撒野。

安老院牆上的大鐘，滴滴答答，叫她想起天星鐘樓，想起那天和國鏗看鐘樓的分秒針。她跟爺爺談起天星碼頭，爺爺興致勃勃，由第一次踏足中環談到在九龍天星碼頭乘船的往事，不知不覺到晚上十時了。

「鐘樓跟倫敦的大笨鐘是同類的，你記得爺爺曾抱你去中環玩嗎？」

「記得。」美琪隨口答，其實那時太年幼，她根本想不起。

「你記得曾跟爺爺一起坐火船仔嗎？」

美琪猜想火船仔即是渡輪，答：「記得。」

「你記得……」

「簡伯伯，夜了，你的孫女再不回家，就沒有車了。」霍姑娘打斷爺爺的話。

安老院的探訪時間早已過去，霍姑娘見天黑路靜，提醒美琪回家，爺爺拉住美琪的衣袖說：「你不能多陪我一會？」

「爺爺，我真的要走了，我答應你，下星期六我一定跟爸爸再來。」

不知是否心理作用，美琪彷彿看見爺爺眼泛淚光。爺爺説：「你下星期六記得來呀，別騙我！」

「我怎會騙你呢？我一定來。」

「你們經常騙我，説好帶我外出吃飯，卻要我留在這兒。」

「下星期六，下星期六我們大清早就來，一起出外吃飯。」

爺爺孩子氣地要跟美琪勾尾指，承諾下星期六的約會。

美琪站起來，離開爺爺的病牀，走了幾步，轉頭看他，爺爺看着她，神情落寞。再走幾步，回頭看，爺爺的目光仍在她身上，美琪不敢再回頭，怕看見爺爺，會忍不住留下來。

離開時，美琪看見一個似曾相識的老人坐在休息室喃喃自語，原來是醫院那位陳伯，他跟爺爺同住一間安老院！美琪想不到在安老院重遇他，只見他的嘴巴微微張合，聲音低不可聞，想他又在唱鄧麗君的歌。她彎下腰，跟陳伯打招呼，不知道陳伯是否看見，只聽見他唱：「小城故事多……」

走出安老院時，夜已深，路上行人寥落，只餘幾點街燈。她回頭看見爺爺顫巍巍地站在一樓窗前，跟她揮手道別，原來他一直目送她離開。

美琪心中不忍，差點想折返，但只管大踏步向前走，背後感覺到爺爺灼熱的目光。她心裏盤算，也許下星期六可以跟國鏗、子駿和婷婷等同學前來探望爺爺；縱使會考日子漸近，她相信好友仍願意為她暫時放下書本，至少國鏗一定會。就算爸爸無法抽空探望，他們也可用輪椅推爺爺到附近的酒樓吃飯。

「下星期六，下星期六，我一定可陪爺爺吃飯！」美琪不斷在心中默唸着。

看見孫女的身影在視線範圍內消失，爺爺想起少年時跟鄰村的女孩在阡陌間閒逛，偶然躺在樹下看天。

當年玩伴離開鄉村，他凝望她的身影，直至看不見為止。

爺爺又憶起妻子，那個與他同行一生的老伴，離

青安老院
爺爺……

世前，她整天躺在病牀上，身體慢慢縮小，最後，在人生的地平線上消失了。

至於他的兒子，他永不會忘記細牛出生那天，抱着這個小人兒的心情。小人兒像熱水瓶般細小，卻在不知不覺間長大了，雖然偶爾做些令人傷心的壞事，但仍是他最寶貝的兒子。

後來細牛為她添了孫女，他喜歡抱着她一起午睡，醒來發現孫女伏在他的肚皮上。小小人兒標緻可愛，爺爺突然記不起孫女的名字，只記得她升讀中學的第一天，他呆呆站在學校大門，看見孫女融入人羣中，但一眼就認出哪個背影是她。

爺爺努力回想剛才探望他的女孩是誰，但怎樣也想不起，只覺得全身有説不出的疲累，好想睡一覺。女孩約定了星期六跟他出外吃晚飯，真好，他不想留在安老院裏。

爺爺彷彿身在夢中，變回小孩子，聽到兒時玩伴喊他去玩，他很想跟大伙兒一塊兒去。沒多久，他變成年輕力壯的小夥子，聽到溫柔的聲音在喊他，那是

他年輕的妻子，他凝望妻子溫婉的笑容，站起來，跟她一起離去。

在巴士車廂的玻璃窗上，美琪看見自己的倒影，有點憔悴。她想起還有許多書未熟讀，不禁擔心。阿雪和阿恩永遠成績優異，好像不用溫習似的，要是能像她們一樣就好了。

爸爸比從前更忙，很久沒有跟美琪一起探望爺爺了。她希望下星期六，爸爸不用公幹或加班，父女倆可一起到安老院，到時爺爺一定很高興。爺爺最愛吃白切雞，每次把雞腿夾給他，他就像小孩子般燦爛地笑。美琪提醒自己，下次一定要記得叫半隻白切雞，多薑葱——爺爺喜歡吃薑葱。

巴士上有人聽收音機，但沒有用耳機，坐在附近的人惟有跟着聽電台節目。新聞報道説，政府開始在中環清場，把在天星碼頭的靜坐人士一一帶走，迅即拆掉碼頭。

美琪想，不知爺爺在電視新聞看到天星碼頭被拆的畫面可會傷心？她後悔沒叫爸爸駕車載爺爺重遊天星碼頭，現在太遲了。

下次探望爺爺時，美琪打算帶天星碼頭的剪報給爺爺看，最近有雜誌刊登不同年代天星碼頭的照片，爺爺最喜歡看香港舊照，一定很高興。最好在晚飯時拿出來，他的視力不好，酒樓燈光明亮，他可以放在桌上慢慢看。

然而，下星期六的約會再次落空，外出吃飯的承諾永遠無法實現。沒有先兆，簡伯伯在清晨五時三十一分於睡夢中離世。爺爺離世時，美琪還在睡覺，簡先生則身在北京；他臨時被急召上內地公幹，在應酬時喝了點酒，星期日早上，他在公司安排的酒店裏睡得昏昏沉沉。

美麗迷思

婷婷還記得阿雪第一日踏入教室的模樣。那天早上 F.3A 全班同學坐在教室裏等候班主任來臨，一個陌生女孩突然走進來，她長得很美，鵝蛋臉，皮膚白皙，眼睛水汪汪的；然而身上是泛黃的舊校服，與她明亮的外表成反調。

中三時婷婷特別留意阿雪。阿雪像洋娃娃般精緻，跟鏡裏的自己大有差距，她老認為自己太矮小，頭髮不夠濃密，眼睛不夠大，嘴唇不夠豐滿，架上眼鏡更顯呆拙。當時想，如果她像新同學一樣美麗就好了，甚至以為自己愛上阿雪。

中四以後，身邊的好友都出落標緻，阿雪美麗的外表多添一種從容自若的氣質；阿恩長高了，目光裏透出的倔強使她更酷；小敏的驕氣褪去，變得更可親；美琪心事重重的樣子，特別惹人憐愛。婷婷跟她們一起時，總覺得男生的目光都落在她們身上，很少留意自己。她自覺並非妒忌，只是有點失落而已。

星期六早上，婷婷、美琪和阿雪回校補課。在小息時婷婷跟美琪談起外國女星，婷婷說：「我很羨慕她們皮膚白皙，眼大鼻高！」

美琪性格爽朗，最不在乎外貌，隨口說：「皮膚蒼白並不好看，我喜歡有陽光氣息的女生。我才不要高鼻樑，喝水時鼻尖會碰到杯邊。」

「你說得真誇張。你不覺得她們的大眼睛很美嗎？要是我的眼睛像她們一樣就好了。」

美琪不以為然，說：「你記得約瑟嗎？你爸爸的英國朋友。有一天他在我面前說你很漂亮！就在他嗅到榴槤氣味而昏倒的那天！」

「他真的這麼說嗎？」婷婷雙眼發亮。

「誰有空騙你？可惜他在英國，我不能請他親自

告訴你，你可隨時寫電郵問他。」

「不用了。我記得一位專欄作家曾說，洋人喜歡的中國女孩，多是眼睛小和鼻樑扁的，中國的醜女孩，在他們眼中卻是美麗的。」婷婷對這說法深信不疑，頓時覺得約翰的讚美不值一哂，不過反映她長得醜而已。

「那個專欄作家真無聊。不談了，要上課了。」美琪說。可惜她不懂得跟婷婷說明，許多專欄作家不學無術，寫的盡是無聊偏見，不必理會。

婷婷渴望美琪否定這種講法，但美琪對外貌滿不在乎，根本不明白好友的心情。婷婷以為美琪認同專欄作家的說法：凡約瑟喜歡的面孔，在中國人眼中都是醜陋的，不禁心下黯然。

那是美琪最後一次探望爺爺的星期六上午，整天她都想着爺爺和未完成的功課，沒有心情理會中外審美觀。

下課後，美琪趕赴安老院，誰知道那是她最後一次探望爺爺？要不然，婷婷一定跟美琪同往。

小敏有私人補習教師，所以沒有回校補課。阿恩也沒有回校，她約了王文偉逛街，早前她在 MSN 問婷婷可有興趣，婷婷婉拒了。婷婷覺得阿恩的打扮前衛有型，就算是家境清貧的王文偉穿上殘舊的襯衫，也比她神氣好看，跟他們走在一起，彷彿顯得自己特別土氣，所以寧願回校補課。

婷婷總是自覺給比下去，心裏有說不出的鬱悶。

補習後，阿雪和她一起吃午飯。阿雪帶她到所住的舊區，那裏的食肆收費便宜。阿雪沒為意婷婷心情低落，心裏只煩惱着二時正要到達補習學生的家，剩下不多時間吃飯。

兩人在一間麪店坐下來，婷婷跟阿雪同樣點了牛腩麪，三分鐘後，夥計將牛腩麪分別放在兩人面前，阿雪那份鋪滿牛腩，婷婷只有普通分量。婷婷並非第一次遇上這種情況，大家叫同一款食品，阿雪得到的總是特別多。

婷婷訕訕然道：「長得漂亮真好，連牛腩也多一倍。」

阿雪笑說：「才不是！他們隨意放而已，我跟你交換吧！」

「不用了，能換多少次？」婷婷馬上吃下幾口麪。

「我得快吃完趕到學生的家。」阿雪低頭進食，一下子吃掉半碗麪，沒有察覺婷婷的不快。

「補習賺的錢那麼少，為什麼不當模特兒？更容易賺錢啊！」婷婷的語氣酸溜溜的。

「為什麼當模特兒？就算我做，也不一定有人聘用我，而且模特兒須等待公司或經理人安排工作，收入很不穩定。補習挺不錯的，我可以自由安排時間。」

「如果我長得像你一般漂亮，一定當模特兒，穿上漂亮的衣服就能賺錢，說不定還可成名！」

「你也有條件做模特兒呀！我看雜誌的模特兒專訪，她們常說最重要的不是樣貌，而是個性。」

婷婷放下竹筷，低頭說：「我不夠瘦，也不夠好看。」

阿雪一怔，頓時察覺婷婷情緒低落，連忙安慰

婷婷很可愛。

道：「怎麼會呢？你已經很好看了。」

「嗯……你看過最近報章熱賣的美容瘦身廣告嗎？只須付一萬多元，三個月後就能變漂亮。」

「婷婷，你已經很漂亮了，別相信廣告。要是我有那麼多錢，我會給媽媽買營養食物，或帶她去看電影，我們很久沒有看電影了。」

「我想試試那些美容瘦身療程！」婷婷心裏渴望阿雪支持她。

「別相信那些廣告，你不需要美容瘦身，真的。」

「才不是！跟你們一起，我就像醜小鴨，最矮小的是我，膚色最黑的是我，身材最差的又是我，連鼻樑最扁的也是我。」婷婷説着時差點要哭了。

阿雪趕忙地吃完最後一口牛腩，匆匆説：「幹嗎這樣數落自己？你是彩虹五貓的一員，可不是小鴨！」

「你不會明白的。」婷婷幽幽説。

「不説啦，再不走就遲到了。你慢慢吃！」阿雪放下一碗牛腩麵的錢，拍拍婷婷的手臂，就急步離去。

阿雪走出門外，驀然感到有點心虛。她早留意到陌生人對她艷羨的目光，也滿意自己的外形，但在同學面前，總會裝作不在意，以免惹人妒忌。

相識三年，阿雪怎會看不見婷婷是五人中最不顯眼的？但她不曉得該如何回應婷婷，也不確定外貌是否真的比內在重要。

婷婷覺得心裏的鬱悶難以紓解，就多要一碗牛腩麪，化悲憤為食量。此時，兩個夥記閒聊，一個說阿雪真漂亮，另一個說希望她多來光顧，讓他們看看也好。婷婷心想如果阿雪是白雪公主，自己就是小矮人，心下寥落，連滑溜的麪條也變得索然無味。第二碗牛腩麪吃不了幾口，她就結帳離去了。

這個世界真不公平，為什麼有些人漂亮，有些人不？

回到家裏，婷婷看見新來的印傭把信箱裏的信放在客廳桌上，其中一封是張叔叔寄來的。張叔叔替

婷婷補習多年，幾乎看着她長大，他在婷婷中三那年離開香港，到陝西鄉間教書。張叔叔擅長書法，字體蒼勁有力，婷婷甫見信封上的字迹就能認出是張叔叔的，如見其人；信封貼上中國花卉郵票，印上「中國・陝西」的郵戳。婷婷開心不已，忙不迭拆閱。

婷婷：

中五了，你功課忙嗎？

還記得你去年來信問我快樂的意義，那時我不肯定自己是否快樂，只肯定自己當時並非不快樂。

今次我寫信給你，想告訴你，現在我非常快樂——我結婚了。

婷婷哇的一聲大喊，嚇得印傭慌忙從廚房走出來，婷婷笑說：「沒事沒事，張叔叔結婚了。」

「張叔叔？」印傭在港工作多年，能說流利的廣東話，只是不知誰是張叔叔。

婷婷大笑，說：「不用理我。」

印傭返回廚房，婷婷繼續讀信。

我沒有想過會結婚，遇上妻子實在是上帝的安排！我欣然接受她的愛，那種快樂不能用文字形容。

婷婷，你記得張叔叔毀容和受傷的往事嗎？像我這樣難看的人，想不到在妻子眼中是端正的。我經常教導你別以貌取人，不要介懷自己的長相，並非信口開河，世上仍有許多人更重視人的內心。

我的妻子名叫柳紅，她想來香港看看我以前生活的地方，所以我替她辦了雙程證，稍後跟她來港走一趟。請代我告訴你爸，我們想請他吃飯。

兩年不見，婷婷應已亭亭玉立，記緊好好讀書，若有不明白之處，待我回來時，可以問我。

見面再談。

張叔叔

婷婷太興奮了，向廚房那邊大聲叫道：「張叔叔帶太太來香港呢！到時你要給他們做些好菜式！」

婷婷雀躍萬分，馬上給爸爸撥電話，莫先生正跟現任妻子駕車回家。婷婷很少給他電話，剛巧有停車處，他將汽車靠在路邊，專心談電話。

「爸爸，張叔叔結婚了。」婷婷笑說。

「張叔叔？」

「我們最要好的朋友張叔叔啊！今天我收到他的信，他說在陝西結婚了。」

「真的？真是好消息，爸爸為他高興。」婷婷一邊談電話，一邊把信看了又看。

「真的，張叔叔會帶太太來香港，他叫我告訴你。」

「太好了，我在開車，馬上就到家門了，回來再談。」

掛線後，莫先生坐在司機位上傻笑，莫太太沒問一句，只管微笑等候。她知道對他們父女來說，張叔叔是個重要人物。對於丈夫的往事，莫太太沒有追問，她信任丈夫，認為他想説的話，自會跟她詳談。

在窮鄉僻壤寄出一封信，很難預計哪天會寄到收信人手中。兩個月前張叔叔騎單車到最近農村的小鎮，那兒有一間很小的郵局，他説寄信到香港，職員呆了一呆，不知道香港在哪個縣。

張叔叔想寄空郵，問職員要多少天，但職員也不知道。

投寄處分本地和空郵兩邊，他想香港既非本地，又非外地，不知該把信放進哪邊。

職員看見他猶豫的模樣，用帶鄉音的普通話大聲説：「醜叔，投進去就可以，內裏是相通的。」

職員喊他醜叔的語氣親切，他毫不介意，更開懷地報以微笑。想到投寄處分兩部分只是裝模作樣，全由同一職員分信，他的笑意更深。

兩天前，張叔叔跟妻子柳紅起程來港，想不到郵遞延誤，他們來到紅磡車站時，婷婷才收到他的信。

初來香港，柳紅緊握丈夫的手，生怕走失。她感到這城市的人目光不大友善，臉上彷彿透着令人害怕的冷漠，鄉下的村民不會這樣。

張叔叔理解妻子的困惑，柔聲安慰：「別介意，城市人看見跟自己不同的人，會好奇多看兩眼，沒有惡意的。」

「媽媽你看，那個人極像怪醫秦博士，但他身邊的女人好漂亮！」

張叔叔回頭，看見一個小孩指着自己，孩子的媽媽則一臉尷尬，匆匆拖着孩子走遠。為免妻子尷尬，他自圓其說：「童言無忌。」

柳紅從小説鄉下話，在學校讀書時講普通話，聽不懂粵話，平日張叔叔跟她説普通話，忘了她根本聽不懂小孩的話。柳紅睜大眼睛，問丈夫小孩説什麼，張叔叔笑説：「他説你很美麗。」

柳紅臉紅起來，單純地信以為真。兩人乘地鐵到深水埗，租住最接近地鐵站的廉價旅館。

他們在房間安頓後，就看電視消磨時間。柳紅從小住在山區，從未看過香港的電視節目，覺得很好看。不知不覺到了晚上六時半，晚間新聞報道説香港近兩年有超過五十三名女子因注射 PAAG 隆胸出事，更有六人要切除乳房。

柳紅一臉不解地問丈夫：「她們幹嗎要做隆胸手術？」

「也許是貪念，希望透過整形變得更美。」

柳紅笑説：「人原本就是美麗的啊！」

「你的心美麗，萬事萬物在你眼裏都是美好的。」張叔叔側頭看妻子，眼神充滿欣賞和傾慕。

新聞播放完畢，柳紅有點倦了，張叔叔讓她休息一會，獨自外出買飯盒。

張叔叔在星期日黃昏致電婷婷家中，正好是婷婷接電話，她開心不已，卻又難過起來。

「幹嗎又笑又哭？發生什麼事？」

「張叔叔，我聽到你的聲音很開心；不過，我同

學美琪的爺爺死了。嗚……今天美琪的爸爸到外地公幹，安老院職員一時聯絡不上，便打電話找美琪。其後美琪打電話給我，哭得很厲害，我嘗試安慰，但她哭個不停，我不知道怎樣説……總之想到美琪失去了最愛的爺爺，就想哭……」

「別哭，我和妻子現在前來，陪你們一起吃晚飯好嗎？」

「嗯。」婷婷在抽搭中掛線。

柳紅知道，丈夫在最困難的日子，曾得好友莫先生幫助。當丈夫提到要到莫家時，她心裏欣悦，一直期待。

「我穿這身衣服好嗎？」柳紅穿上鮮紅色的連身裙，是最隆重的衣服，為結婚而買的。

張叔叔滿意地點頭，在妻子臉頰上親一下，説：「美極了，我們走吧！」

張叔叔帶太太乘地鐵，沿途許多人望向他們，更有人跟同行的朋友説：「一個醜，一個娘，真是絕配。」

柳紅起初沒留意，但漸漸感到途人目光不友善，總停留在她鮮紅色的連身裙上；回想由踏足香港那天開始，好像沒有看過香港人穿一身鮮紅，她意識到自己的衣裝跟這個城市格格不入。

柳紅緊握丈夫的手，低頭走路。張叔叔看出妻子的不安，就故意分散她的注意力：「1979 年地鐵通車，那時我還是小學生。當年只有一條路線，由石硤尾至觀塘。從彩虹站開始，地鐵便會鑽出地底，在架空天橋上行走。第一次乘地鐵的人，看見地鐵由地底走出地面，彷彿由黑暗走到光明，都會哇一聲叫出來……聽説今年地鐵將會跟九鐵火車線合併，改名為港鐵……」

張叔叔指着車廂裏的路線圖仔細講解，柳紅靜心細聽，想起第一次遇上他時，他在教室裏教英文，她聽他的講解聽得出神，覺得他博學多才，聲線響亮，教導學生很有耐性，就為之心折。

大概十分鐘車程，他們就來到莫家。婷婷開門，看見張叔叔就非常高興，然後瞄瞄他身旁的女子，五

官精緻，但一身紅裙真的太誇張，婷婷忍不住大笑。

婷婷邀請他們進屋，給他們遞上滿桌子茶點，盛情招待他們。張叔叔細看婷婷，以普通話說：「婷婷長得亭亭玉立了。」

「張叔叔愛取笑人。張太太才是長得漂亮，像章子怡，噢，又像李冰冰，又像范冰冰。」婷婷知道張太太不懂廣東話，就以普通話溝通。

柳紅臉紅起來，不好意思地說：「哪裏像呢？婷婷很漂亮啊！」

婷婷聽見柳紅的話，心裏沒由來不是味兒。

張叔叔向婷婷介紹柳紅，說：「我倆在山區小學教書時認識的，你叫她小紅姨吧！嗯，你爸爸今晚有空嗎？」

「爸爸和阿姨今天有應酬，他想約你後晚吃飯。」

張叔叔微微一笑，說：「那就後天吧！我們會逗留一星期，之後就返回鄉間教書。柳紅有幾個同鄉嫁來香港，這次她會順道探望老朋友。」

婷婷心裏狐疑，小紅姨這麼美麗，怎會甘心嫁給張叔叔？莫非如新聞所說，內地女子貪圖香港人的錢嗎？不過，張叔叔並不富有，難道她想要香港居留權，然後改嫁有錢人？

張叔叔和婷婷談得很愉快，柳紅專注地聽丈夫跟學生聊天，彷彿單聽他說話已很幸福。不經不覺晚飯時間已到，飯桌上滿是令人垂涎的菜餚，全是婷婷吩咐印傭按張叔叔的口味做的。

晚飯期間，張叔叔問及美琪爺爺的事，氣氛一下子傷感起來。「今天跟美琪通過電話，她依然很傷心……」婷婷說着時眼眶濕潤。

「《聖經》說，生有時，死有時；哭有時，笑有時，哀慟有時，跳舞有時。你可跟美琪說，一切皆有定時，她因爺爺離世而傷心，是正常的。你給她引用〈傳道書〉第三章的片段吧！」

婷婷若有所思地點頭。

張叔叔突然想起什麼似的，跟婷婷說：「內子第一次來港，我把你家的電話號碼給她，萬一走失了，她仍可致電你們，好嗎？」

「當然好。小紅姨那麼美，你怕她『走失』了，在香港另結新歡嗎？」婷婷以廣東話半認真半説笑道。

柳紅知道他們談論自己，但聽不明白，把目光投向丈夫，期待他作解説。張叔叔想柳紅未必習慣香港人愛以感情關係開玩笑的談話方式，怕她誤解，也不想婷婷繼續在美醜的話題打轉，便轉換話題，以普通話問：「快會考了，開始溫習沒有？」

婷婷放下碗筷，憤然地以普通話説：「你們這些大人只關心我的成績，並不關心我的需要。」

「怎麼會？張叔叔很關心你的！」柳紅説：「他經常談起你，説你是一個可愛的女孩。」

「你們總説不漂亮的女生可愛，連可愛也説不上的話，就是乖巧啦！」

「婷婷，從前你不是那麼重視外表的，幹嗎整天談論臭皮囊？」

「何況你真的很漂亮！」柳紅笑説。

「內地人都是這樣虛偽嗎？」婷婷以為柳紅諷刺

她，生氣道。

張叔叔面色一沉，站起來說：「時間不早了，我們吃完飯，該回旅館了。」

柳紅以為自己說錯話，一直沉默不語。婷婷也沒說話，只顧低頭吃飯。

離開莫家，張叔叔安慰柳紅：「別介意，婷婷還小，不懂說話。」

「同鄉早在信中說香港人不友善，她嫁給年紀大得可當她爸爸的丈夫，常被誤會是貪錢的女人。」

「我一窮二白，面相這樣難看，又較你年長十多年，你仍願意嫁我，肯定不是貪錢，別理會人家怎看。」

「我開始想家了，這裏的人走路很快，不適合我生活。」柳紅來香港前，曾聽說香港是天堂，水龍頭的清水源源不絕，不像陝西，到處窮山惡水。在陝西，水是珍貴的，大家都省着用。前幾天柳紅首次看香港電視劇，看見城市人扭開水龍頭刷牙，就為白白流走的食水心痛。

雖然在太平山看到的香港夜景閃閃生輝，但她還是喜歡家裏的黃土和綠田、學校裏的貧苦學生，和夫妻倆簡樸溫馨的生活。

「將來我們一輩子留在山區，現在好好享受香港的繁華吧！」

柳紅投向丈夫懷內，抱着他說：「你總可以讓我釋懷。」

由任性到成熟

全港報章刊登了華裔學生奪得美國串字比賽冠軍的花邊新聞，雖然圖片細小，但同學們都知道是程卓民；中一至中四跟他同班的阿恩，更把這段新聞放在心上。程卓民還在香港時，常跟她輪流考第一，直至阿雪來了，大家才不能肯定誰登榜首。

美國傳統的串字比賽以淘汰賽的形式進行：先在學校勝出，然後在社區打敗對手，繼而在州際賽出線，才可參加全國比賽。

評判讀出一個生僻字，參賽者就要準確無誤的串出字母。參賽者通常串錯 i 和 y 或 c 和 z，因為讀音太近似。

香港人不會注意這種比賽，只因程卓民是首位奪冠的華裔學生，加上他離港只有一年，跟香港關係較深，傳媒才作花邊報道。

這則消息在 F.5A 教室是天大的頭條新聞，大家都説程卓民深藏不露，雖然知道他成績優異，但想不到原來厲害得令人咋舌。阿恩看了新聞後，心裏有異樣的感覺。過去阿恩常暗地裏瞧不起他，覺得他只會死讀書；現在他得獎，證明他不是死背硬記的書呆子，開始對他另眼相看，心想如果他還在香港，一定跟他比併，看看誰考全級第一。

阿恩不知道，程卓民激發了她的鬥心，使她遇強愈強，她甚至想參加公開比賽，證明自己的實力。

同學在小息時爭相傳閱那份報紙，傳到阿雪手中時，她反復細讀這段新聞。程卓民曾經在阿雪的腦海裏燃亮一點火花，阿雪曾認真考慮，要是程卓民約會她，她會否答應。雖然程卓民對她也有意思，但他從沒約會阿雪，因為他知道自己要到美國讀書。阿雪想起中四時在走廊跟程卓民相遇的片段，感到他一直在自己身旁，這麼近，那麼遠。她打算放學後買一份報紙，把這則新聞剪下來，好好保存。

程卓民不是什麼名人，只是一名學生，但他的名字也可上報，引起全班同學迴響，這使阿雪想到中一時她以筆名「方溫仔」投稿，訴說校園的不快事，怎料被同學發現，更杯葛她。自那次後，她決定以後不投稿了，怕同學再次傷害她。轉校後，阿雪跟同學的關係好轉，重拾對人的信心，如今她在報紙上看見程卓民的名字，也想讓他知道自己的存在，決定再次執筆，以真名投稿，也許程卓民在遙遠的他方偶然讀到她的文章，會想起她。想到這裏，阿雪感到兩頰發熱。

「阿雪，你幹嗎笑起來？還面紅？」阿雪聽到小敏的聲音，才回過神來，下意識地輕撫臉龐，真的很灼熱，連忙說：「我沒有笑啊！這裏太熱，我才面紅。」

「太熱？現在是冬天，怎會太熱？難道掛念程卓民？」小敏不知她喜歡程卓民，不過開玩笑而已。

「不！誰有空掛念他？我上洗手間。」阿雪大為緊張，放下報紙，站起來離開。

走出教室，她聽到奇怪的聲音，循聲音來源看去，卻沒有特別發現。

午飯時間，大部分同學外出吃飯，子駿跟國鏗兄弟則在學校飯堂用膳。談起程卓民，國鏘托着頭說：「我在美國讀書時，一直覺得這種比賽不是給正常人參加的，怎可能一聽讀音就知道怎樣串字？有些還是古書裏的死字。」

「你是羨慕還是妒忌？」子駿笑說。

「那是 gift，是洋人最愛說的天賦潛能，人家的記憶力天生比我好，能羨慕什麼？」國鏘轉頭問哥哥：「你認為呢？你會參加這種比賽嗎？」

國鏗的北菇滑雞飯沒有吃過兩口，直發愣，聽到國鏘一問，才回過神來：「你們說什麼？」

「沒什麼。你還在為簡美琪掛心嗎？」子駿問。

「她的爺爺突然走了，美琪一定很傷心。她告假幾天，還未上學，不知她怎樣？」國鏗憂心道。

「哥哥，安慰她吧！」

「我不知怎樣做。」

國鏘嘗試逗哥哥開心，道：「那我假扮你安慰她吧！」

「你忘了中四時假扮我向美琪表白，在公眾場合戲弄她，弄得美琪惱了我，最後落得被懲罰，要在全班同學面前大叫三次『謝國鏘是驢頭』的下場嗎？『驢頭』即是傻瓜，你要再做『驢頭』嗎？」國鏗不願他們擔心，勉強打趣道。

子駿打了國鏘手臂一下，說：「我們體操隊會去探望她。聽顧欣盈說，星期二她給美琪電話，美琪只管哭，什麼也說不出來。」

國鏗感到說不出的心痛，垂頭喪氣，只顧攪撥眼前的飯菜，無心吃飯。國鏘感到哥哥不開心，不知說什麼才好。在靜默中，他完全感受到哥哥的不快，或許是雙生兒的心靈感應吧！

子駿用力拍國鏗的肩膀鼓勵道：「國鏗，快吃飯，要是病了，或身體虛弱，怎能安慰美琪？」

國鏗強顏歡笑地點點頭，勉強吃了幾口，想起美琪爺爺慈祥的笑臉，心裏的哀傷終於決堤，眼淚流滿臉頰。他跟爺爺只有幾面之緣，得悉爺爺離世已這麼難過，從小跟爺爺一起生活的美琪一定更傷心吧！想到美琪的心情，國鏗感同身受，更憶起去年遭逢交通意外離世的媽媽，眼淚流得更密了。

國鏘在桌子下靜靜把手帕遞給哥哥，國鏗接過來，抹了抹眼淚。子駿假裝不知國鏗流淚，繼續低頭吃飯。男生跟女生不同，看見好朋友流淚，很少出言安慰，或相擁同哭。子駿心想，讓國鏗有空間靜靜宣泄情緒好了。

國鏗抹掉眼淚，想起子駿提醒他一定要堅強起來，才可幫助美琪走過幽谷，他深深吸一口氣，大口大口的吃光眼前的飯菜。

為了緩和氣氛，子駿開玩笑說：「我收到顧欣盈的情信！」

「是你寫情信給她吧！」國鏘反唇相譏。

子駿洋洋得意道：「你要看嗎？」

「嘩，你把別人的情信公開，很缺德，人家有

privacy 呀！」

「我懂得什麼是 privacy，不過說笑而已。她寫的不是情信，而是提醒我交旅行費的便條，不過寫得情意綿綿！你看，她寫陳子駿三個字時充滿感情，嘻嘻！」

國鏘沒好氣道：「你的妄想症已病入膏肓，沒救了。」

國鏗平復心情，為了不讓大家擔心，加入對話，跟弟弟說：「你怎懂得成語『病入膏肓』？」

「先前國文老師教的，我的中文雖然較差，但我不是傻的，剛剛學過的成語，也可以運用出來！」

「可惜香港沒有中文生字比賽，如果有，謝國鏘一定奪冠，並且上報，屆時你的美國朋友和舊同學都會知道。」國鏘作勢揮拳打國鏗。沒多久三人離開座位，上教室去。

三人走後，同在飯堂吃飯的數王跟同桌的和尚和張建寧說：「子駿和國鏗兄弟真像串燒三兄弟。」數王的全級數學成績最好，所以有「數王」之稱。

張建寧説：「謝國鏗和謝國鏘今年長高了，樣子沒有中四時那麼相似！」張建寧的成績中等，外形也平平無奇，沒有太多同學留意他。

「你何時開始留意男生的長相？難道你……」和尚故意跟張建寧開玩笑，張建寧作勢打他一拳。

數王、和尚和張建寧在初中時跟國鏗和子駿這對「串燒孖兄弟」同班，後來文理分班，數王、和尚、子駿和上年才來港的國鏘是理科班，國鏗和張建寧則是文科班。文理分科沒有把「串燒孖兄弟」拆散，中四時加上國鏘，更組成「串燒三兄弟」。

張建寧辯稱：「我沒有刻意留意他們，只是剛剛看到。還記得第一次看見謝國鏘時，大家都很驚訝！他彷彿跟謝國鏗是一模一樣的，像魔術師把另一個謝國鏗變出來一樣。你們不覺得嗎？」

拿謝氏兄弟取笑一會後，大家覺得悶了，數王轉談網上的短片，張建寧看見一個女生經過，有點像阿雪，不由得分神看去，聽不到數王他們説什麼，不知道他們已站起來準備上教室。

「你幹嗎神不守舍？」和尚問。

「沒有！沒有！」張建寧連忙道。

下午 F.5A 與 F.5B 合班在偌大的地理室上通識課，兩班學生一起分組討論。老師把討論題目「第三屆特區政府行政長官選舉」寫在黑板上，上課從不專心的阿恩看見了忍不住笑，大家望向她的座位，她連忙抿着嘴巴，努力收起笑意。

老師歪頭問：「宋美恩，你是否想起快樂的事情，不妨跟同學分享一下。」

阿恩站起來，正色道：「我想起曾蔭權和梁家傑，一個自稱煲呔，一個自稱袋巾，忍不住笑起來。」

「有何惹笑之處？」老師問。

「你不覺得他們的稱號很老套嗎？」阿恩直視老師反問。

「那我們就由候選人的形象開始蒐集資料吧！同學不妨留意，美國大選期間，共和黨和民主黨各自有代表該黨的動物，國際比賽也有吉祥物。」

婷婷低聲跟旁邊的同學説話，老師大聲問：「莫婷婷是否有問題？」

「我想問煲呔和袋巾是否吉祥物？」婷婷怯怯地説，惹得全班大笑。

「近代政治重視形象，西方政府為了營造親民形象，有所謂政治化妝師，英文是 Spin Doctor。兩位特首候選人想以衣着特徵，加深公眾對他們的印象。」

「現在還有人用煲呔和袋巾嗎？」阿恩反問老師，部分同學點頭認同。

老師微微一笑，説：「你們現在開始討論，制訂方向，蒐集資料，下一課告訴我答案！這次文理兩班合起來，再按學號分組，五至六人一組，請同學依學號前來看看自己屬哪一組？」

學號通常以學生姓名的英文字母排列，區巽是一號，與陳子駿、陳素芬、張建寧、張美雪和程詩敏同組。

這五人互不相熟，合組後，子駿笑說要把同班的區巽讀作「驅選」:「你的名字真特別。」

區巽知道子駿喜歡說笑，也不生氣，只管說:「巽字讀『順』，不是『選』，我的名字來自《易經》，是遇上貴人的意思。你就是我的貴人吧！」

「我寧願做你的小人了。」子駿嬉皮笑臉說。

區巽還想反駁，阿雪打斷他們無聊的玩笑，挺直腰板正色說:「我們快討論如何分工吧！放學後，我要補習，立即要走！」

「我也要補習，但很少補習社老師責備人遲到……你到哪間補習社？」陳素芬好奇問。

「我替人補習，不能遲到。」阿雪有點不好意思。

「你還有時間替人補習？我們都快會考了！」區巽驚訝道。

「你的零用錢不夠用嗎？」陳素芬好奇問。

小敏想替阿雪解圍，故意說:「如果我的成績像阿雪，就不用聘請補習老師，可替人補習賺錢，每天請全班同學吃飯！」

阿雪無意多説自己的家庭狀況，微微一笑，道：「我們開始吧！」

「驅選，你先説。」子駿又拿區巽開玩笑。

「別浪費時間了。張美雪放學要替人補習，沒時間上網找資料，我們分頭蒐集資料，再由張美雪負責寫報告吧！」張建寧説時刻意避開阿雪的目光。

子駿不懷好意地説：「你分派最簡單的工作給阿雪，你暗戀她嗎？」

張建寧臉色大變，連聲説：「我沒有，你胡説！」張建寧刻意拿出記事本，裝作做會議紀錄，以掩飾心中的緊張。

子駿窮追猛打：「張同學負責『協助』阿雪，驅選就負責搜集與兩名特首候選人形象有關的資料吧。」

「我是區巽，不是驅選，你真的有點問題！」區巽沒好氣説。

「別瞎扯了，我家沒有電腦，不能輕易上網，張建寧體恤窮同學而已。」阿雪無暇想張建寧是否暗戀她，只想儘快入正題。

子駿和張建寧都知道阿雪和媽媽曾領綜援，聽罷，子駿驀然感到剛才的玩笑太過火，不由得不好意思，認真說：「我負責找他們的政綱，陳素芬找智囊團的資料，那小敏和張建寧想做什麼？」

「我蒐集他們在政壇的往績吧！」張建寧說。

「我替阿雪整理資料好了，我想減輕阿雪的工作量。」小敏說：「快會考了，大家也不想這份功課佔用太多溫習時間吧！我……」

「就是，為何老師給會考班做通識功課，我還要補習！」陳素芬皺眉抱怨，打斷小敏的話。

「美國一間學校已取錄我了，我大概三月就會離開。這是我最後一次跟大家一起做功課……」小敏頓一頓，眼泛淚光道：「離開香港後，我會懷念跟大家一起做功課的日子。」

阿雪輕拍小敏的手臂說：「還有兩個多月呢！」

「我考了英語試，成績足夠入讀美國的中學。將來升大學時，美國大學只看 SAT 的成績，不看會考成績；加上媽媽説她當年考會考太辛苦，不想我受苦，所以我不考了。」

「你就好啦！」區巽拖長語氣説。

大家見小敏心情低落，沒説話。

「我們快做完功課，專心讀書吧！老師説這份功課的分數計入模擬試的成績，假若拿到高分，考試就輕鬆一點。」張建寧打破沉默。

另一邊廂，國鏗和國鏘跟姓氏字首同是T的數王及姓氏字首為S的宋美恩和司徒蘭一組。美琪和婷婷各跟不相熟的同學一組。

那天放學，阿雪趕赴學生的家補習，張建寧覺得她像一陣風似的走了，他好似有話要跟她説，卻不知道要説什麼。

回到家裏，張建寧忙於上網蒐集資料，他想做到全班最出色，使阿雪留意他，心想阿雪成績頂尖，只會留意成績好的學生。

搜尋時，張建寧無意看到有人以一百四十萬投得政府新推出的自訂車牌「1 LOVE U」的新聞，他感到車牌很吸引，就下載了車牌圖片，放在電腦桌面上的文件夾裏。

小敏回到家中，外傭問她可要吃點心，她示意不用。補習老師致電給她，說家人突然急病入院，不能前來補習。

爸爸如常有應酬，媽媽到髮型屋弄頭髮，準備晚上的宴會。小敏知道，今晚她又得獨自吃飯。早前爸媽答應多抽空陪伴她，但很少實踐，也許如爸爸所說，人在江湖，身不由己，有些應酬是不能不去的。

小敏想起阿雪媽媽兩年前完成換腎手術，雖然身體虛弱，但已能外出，所以想相約她們吃飯。她知道若向阿雪提出，她會說許多理由推辭，還是直接致電Auntie好了。

聽到電話聲，張太太感到詫異，這時候阿雪應在補習，不會致電給她，朋友和舊同事已很久沒聯絡了，張太太以為是推銷電話，怎料拿起電話，卻聽到小敏說：「Auntie，我是小敏，記得我嗎？」

「當然記得，什麼事？」

「遲些我會到美國留學，臨走前想請你和阿雪來我家吃飯。還記得兩年前中秋節你們曾來吃飯嗎？那次真多謝你們賞面！」

「別客氣，你們同學相聚，我也很高興。」

「最近我媽常說疲倦，一位很好的中醫定時會來我家應診，你們來的話，我可請他替你看看！」

「你真有心，但……」張太太感到不好意思。

「何不試試，假如你健康好轉，阿雪就不用……」

張太太不想小敏過分擔心自己的情況，便答應說：「好吧，我來吃飯，請你代約中醫好嗎？」

「你真的樂意來寒舍吃飯嗎？」小敏興奮道。

「當然樂意。嗯，小敏，你長大了，中文也進步了，還用『寒舍』如此古雅的詞。你那麼懂得為人設想，我為你的爸媽高興。」

「天下父母最喜歡的，應該像阿雪這種女兒，既聰明，又勤力乖巧。」

「小敏，你有你的優點。」張太太稍作停頓，憂心道：「阿雪這孩子什麼都好，但老把心事鬱在心裏，真叫我擔心。你們是好朋友，希望你可多跟她聊天。」

「她也不會跟我們說心事的……嗯，這個星期六晚好嗎？爸媽要參加電視台的籌款節目，不會回來吃飯，到時我們向阿雪逼供，直至她說出心事為止。」

張太太笑起來，說：「阿雪像你那麼活潑就好了。」

「我媽會說要是小敏像阿雪那麼出色就好了。」

張太太內心深處，一直憂心健康轉壞，突然離世，阿雪就變得孤零零；但跟小敏談電話後，心想就算離世了，女兒身邊還有一班好朋友，稍覺寬心。

小敏跟媽媽相熟的中醫師約好時間，並問他像張太太這類病人適宜吃什麼，醫師介紹三款菜式加一款湯水，小敏細心寫下，決定自己買材料，再教外傭做菜。

這段時間小敏經常上網跟美國大學區的網友聊

天，心想將來到達美國後，就可跟相熟的網友見面，更快適應美國的生活。在互聯網年代，人與人之間彷彿天涯若毗鄰。

她唸中一時，父母已打算安排她到美國讀書，但她一直不願離開。小敏覺得這五年最開心的是憑自己的實力升讀精英班A班——中一時她的成績不夠好，母親為了讓她升讀精英班，多次跟校長周旋，校長跟母親說，無論捐多少錢，也不能讓她如願，這是小敏第一次明白錢不是萬能的。她好不容易考進F.3A，並認識一班好朋友，他們讓她知道錢不能購買友誼，人的感情是無價的。

小敏不喜歡離別，要是天下無不散之筵席，她寧願早早離開；加上考試壓力，幾個月前她已決定會考前出國，儘管捨不得香港的朋友。

星期六下午，小敏跟司機一起接阿雪和張太太。兩年不見，如今小敏長得亭亭玉立，張太太不覺笑說:「從前小敏還是小女孩，現在充滿少女風采了。」

小敏扶張太太上車，笑說:「阿雪才美麗！」

「你們都美麗。」

「別信我媽的白色謊言，在她眼中少年十八無醜婦，她見我們不醜，就誇大為美麗。你看我，能有多美？穿的都是舊衣服。」阿雪泛黃的連身裙跟新款的日本房車格格不入。

「我從來沒有跟媽媽這樣說笑的。」小敏帶上車門，吩咐司機開車。

不消一會，房車駛進程家車房，阿雪左右張望，覺得程家好像比兩年前簇新了，問:「你們曾裝修嗎？」

「對啊，媽媽最愛做門面工夫，常常裝修。」小敏指着兩個月前才更換的雕花大門說。

阿雪和張太太跟隨小敏進入客廳，看見程家的家具全是新的，與兩年前完全不同，當下沒說話。

她們在客廳閒聊，外傭準備好飯菜，就喚她們到飯廳。張太太看見偌大的雲石飯桌上有清補涼湯、魚肉帶子釀節瓜、清蒸石斑和蒜泥菠菜，覺得顏色配搭很吸引，吃罷更覺腸胃舒服。她稱讚小敏的外傭做菜了得，小敏高興得站起來大喊：「我請教過醫師你適合吃什麼，然後跟瑪利安一起到街市買菜，全是最新鮮的食材！」

「想不到小敏會去街市啊！」阿雪稱讚道。

「你以為我還是以前那個驕縱的大小姐嗎？」以前的小敏，別說上街市，連走近基層市民生活的地方也不願。

飯後，兩個女傭在飯廳收拾和清潔，她們則坐在客廳聊天。八時許，門鈴響起，醫師來了。小敏故意跟阿雪在書房傾談，讓醫師跟張太太在客廳好好看病，以免阿雪擔心。

小敏道：「別太拚命讀書，就算無法拔尖，兩年後仍可升大學。」

「你不明白的。」阿雪心裏苦澀，心想家境富有的小敏怎會明白她的處境？

「我當然明白，是你不明白而已。這裏只有我們兩人，容我這樣說，你的自尊心太強，不願別人幫助你，這樣只會捱壞身體。放鬆一點吧！」

「你根本不了解。」阿雪紅了眼眶，不知怎樣跟小敏解釋。

「我知道你想憑自己的努力讀書、賺錢、照顧媽媽，但你這樣勞累，難道Auntie看在眼中不難受嗎？若你真的孝順，就要好好照顧自己，不要連你也病倒！」

阿雪打起精神道：「我做得到的。」

「我知道你一定不要我在金錢上幫助你，但希望你記着，無論我在哪兒，若你想跟我傾訴，我必定用心傾聽，永遠支持你。我離開後，你可寫信給我。」

阿雪的眼淚像斷線的珍珠般落下，小敏把手帕遞給她，輕撫她的手説：「我知道你辛苦，雖然我從來不用工作，但爸爸總説賺錢不容易。你不要勉強自己做太多，你已做得很好了。」

阿雪止住了眼淚，怕哭得眼睛紅腫，母親看見了會擔心。她沒有説話，只是緊握小敏雙手，感謝好朋友的關懷。

小敏在這幾年看書多了，漸漸明白人情世故，雖然她不曾經歷阿雪的人生，但明白她的感受。她想幫助阿雪，只是不知道如何讓好友接受她的好意。

阿雪並非自尊心太強，而是非如此不可，她不願母親再領綜援，受人白眼。她想，捱過這一關就可升大學，大學課餘時間多，可找更多兼職，走出貧窮的困境。她不需要實質的幫助，好朋友明白和支持她就夠了。

半小時後，醫師前來告辭，小敏問：「處方沒有？我吩咐司機跟你到醫館取藥吧！」

張太太走進書房跟小敏說：「不用了，我拿了處方，可到藥房買藥。」

「司機常替我媽到醫館拿藥，順道而已，別客氣。」

醫師離開後，她們三人在客廳坐下，繼續談天。由於病情不複雜，張太太不覺得須要隱瞞什麼，主動告訴她們：「醫師說我想得太多，憂思傷脾，患了疲勞綜合症，服幾帖藥，多休息，身體就有改善。小敏，謝謝你，患病多年，我竟沒想到可看中醫。」

「希望伯母快點痊愈。上星期我肚子疼，已覺辛苦，何況你……」

阿雪不想小敏談論媽媽的病，彷彿媽媽很可憐似的，連忙打斷小敏的話：「不早了，我們要回家。」

「別急，待司機拿藥回來，再送你們回家吧！」小敏用英語問外傭準備糖水沒有，轉頭跟她們說：「先喝碗桑寄生蓮子茶，醫師說補肝腎的。」

「小敏，你懂得真多！」

「媽媽愛美，常請醫師開美容保健、延緩衰老的食療藥方，我不過略懂皮毛！」

「多吃一點，我便可跟阿雪像兩姊妹一樣！」張太太笑說。

十多年前，丈夫離世，張太太傷心得病倒了，母親帶她看中醫，醫師說她憂傷過度，需三年才能撫平傷痛，想不到至今仍未釋懷。

這次張太太決定聽從醫師勸告，放下憂慮，多說笑，心情放輕鬆，好好照顧身體。

「現在你們已像兩姊妹了，你看，阿雪捱到多老！」小敏逗張太太開心。

阿雪佯裝生氣追打小敏。小敏一邊笑一邊跑，差點碰到捧着食盤的外傭。小敏停下腳步，說：「阿雪你多喝兩碗，以免沒多久就像《老殘遊記》的主角一般又老又殘！」

「怎麼你的語氣像極某人？唔，是子駿，難道你也有家傳肉嘴？」

張太太摸不着頭腦，小敏和阿雪相視而笑。

「啊！想起來了，你曾說過某男生因為有家傳豬嘴，所以要請大家吃紅豆雪條！」

「這些無聊事也記在心，難怪憂思傷脾！」

「憂思傷脾不是這樣的意思吧？」

「我的中文怎及媽媽好！」

張太太上洗手間時，阿雪靠在沙發上，歎氣道：「小敏，你變了很多！」

「媽媽說多吃幾年飯，自然會長大，你別像小老太婆一樣長嗟短歎！」

「中三那年第一天上學，你就說請大家吃飯，那時我覺得你在炫耀。」

「我可沒有這樣想過。零用錢太多，就請同學吃飯吧！中二以前，我以為花錢請同學吃飯，同學就願意跟我做朋友，後來才明白朋友喜歡跟我一起，不是因為我請客。」

「我從來沒有零用錢太多的煩惱！」

「你取笑我是暴發戶吧？」

「不是，真的不是。」阿雪舒服地伸展手腳，說：「兩年前第一次去你家，你彷彿高高在上，我就像鄉下人來到貴族城堡。這次我感到你跟我們一塊兒，真心逗我們開心。」

「我沒想得那麼複雜，只有高材生的腦袋才會這樣想。」小敏吐吐舌頭。

「小敏，你成熟了，懂得顧及我們的感受，謝謝你。」

「雖然你稱讚我，但我一點也不想成熟。我多麼想跟從前一樣，單純地以為錢是萬能，打開銀包，就能買得到快樂。從前的快樂是假的，真正的快樂是買不到的。」小敏幽幽道。

「唏，現在的你更快樂，不用花錢就有四隻傻貓跟你做朋友，多划算！」

「小時候我以為地球永遠繞着我轉，世界不會變。我想回復從前的單純，不想長大，更不想到外國讀書！」

阿雪安慰道：「你不用面對會考壓力，多好！」

「雖然我害怕考試，但看見你們那麼努力讀書，就很想留下來支持你們。這段時間我思前想後，最後還是決定陪伴大家經歷這次公開試，會考過後才到美國。」

「現在的你，不像我認識的小敏！」阿雪抱着小敏說。

聽着小敏談起童年，阿雪想自己從小就在壓力下生活，要成熟懂事地面對一切，好像沒有童年似的。

因為愛，所以信任

美琪在小說讀過許多生離死別的場面，想不到在現實世界，死別除了讓人流淚外，還有許多繁瑣事要辦。

爺爺在最後的日子患上老年癡呆症，跟昔日的街坊朋友甚少交往，而他的朋友大多年紀老邁，各有病痛，美琪也沒有請他們前來送別。

因香港股市大旺，簡先生工作的公司業績大增，但人手不足，令他喘不過氣來。公司給職員三天白事有薪假期，但簡先生負責的項目有變，原本準備簽約的內地大客戶突然猶豫了；從行內流言得知，競爭對手以優惠條件搶客，簡先生不想失掉大生意，恐怕在公司地位不穩，寧願放棄假期——即使放假，工作若出了亂子，他還是要趕回公司處理，與其告假，不如留在公司。

美琪看見爸爸這陣子身心俱疲，於心不忍，主動提出為爺爺辦後事。原本簡先生想請女友幫忙，但剛跟她鬧翻——他實在沒有時間陪伴女友。前妻常抱怨簡先生跟事業結婚，根本不愛她，想不到女友說的話也差不多。

除了工作上的夥伴和女朋友外，簡先生的朋友不多，沒有誰可毫不忌諱地代辦喪事，只好讓美琪與殯儀館職員陳先生聯絡，打點一切。

簡先生常想，假如有時間，也許可多探望父親，不致錯過了見他最後一面，但一切已無法回頭了。為了補償對父親的歉疚，他花了一大筆錢安排土葬。他常想努力賺錢，為家人帶來舒適的生活，但根本沒有時間在他們身上花錢，現在惟有用錢作點補償，儘管只是他一廂情願。

國鏗擔心美琪的健康和情緒，每日給她電話，彷彿成了美琪在大海遇上的浮木，讓她倚靠喘息，但她始終要自己游過怒海。

死亡證和土葬事宜須在辦公時間內辦妥，簡先生離不開公司，只好讓美琪跟隨陳先生辦理證件，完成後才找他簽署文件和付鈔。

這天，美琪約好爸爸下午六時半到殯儀館挑選墓碑，但簡先生失約了。陳先生建議美琪先選，美琪努力回想爺爺替祖母所選的墓碑，心想他應該喜歡同樣的款式，卻想不起來，焦急得眼淚在眼眶打轉。

「這幾天辛苦了，或者遲幾天再選吧！」陳先生體恤她道。

美琪點點頭。陳先生遞上紙巾，說：「我吩咐夥計送你回家吧！」

「我自行回家就行。」美琪擤一下鼻子，說：「爸爸星期天休息，我們再來選吧！」

「不用急，要辦的事都差不多辦妥了。你選一張簡老先生的近照，下次帶來吧！」陳先生神色不變道：「你已經做得很好了。」

國鏗差不多每天都上簡家陪伴美琪，怕她獨自一人時胡思亂想。這天放學後國鏗如常到美琪家，但她還未回來，外傭招呼他坐在客廳等候。

乘地鐵回家途中，美琪疲倦地倚着玻璃屏睡着了，她想念爺爺的肩膀。打開家門，看到國鏗坐在客廳，她什麼也沒想，走到他身旁坐下，把頭靠在他的肩上。

國鏗不懂反應，他不是會佔女孩子便宜的人，但見美琪一臉倦容，就想保護她，代她辦任何事。他把手輕輕放在她肩膀上，以示支持。

兩人靜靜坐在沙發上，世界彷彿靜止了。

外傭準備好晚餐後，喚他們吃飯。美琪回過神來，驚覺兩人靠得太近，尷尬地站起來，領國鏗走到飯桌旁。

吃飯時，美琪紅着臉，沒説話。

國鏗先説：「這幾天你沒上學，我為你抄了筆記。」

美琪放下碗筷，凝視着國鏗，默然不語。

「你瘦了，快點吃飯吧！近來沒什麼重要功課，我可幫你追回進度。」

美琪頓一頓，說：「我不想考會考了。」

國鏗正在挾菜的手，停在半空。

「我想休學一年，明年才考！」

國鏗一時不懂回應，一會後才說：「我們交了考試費用，不要放棄，考得不好才補考。」

「我為何在乎會考？如果不是忙於會考，我可多陪爺爺，帶他到酒樓吃飯。這幾天，我夢見爺爺，覺得自己很自私。」

「不要自責吧……」

「明知失敗，為什麼還要考？」

「你忘了中三的體育老師教導我們『勝固欣然敗亦喜』嗎？我替你補習，一起考會考，一定可以原校升讀中六。」

「那是自我安慰的話，參加比賽就要勝出。」美琪不住哭泣，眼淚滴在白飯裏。

國鏗再想不到說什麼，只管道：「我們專心吃飯，飯後再討論功課吧！」

美琪拭掉眼淚點頭，即使沒有胃口，仍努力吃了一點。

吃罷晚飯，外傭收拾碗筷，返回廚房，洗碗後就回房間休息。

客廳剩下美琪和國鏗兩人，美琪開了電視，癱軟在沙發上，打算休息一會才溫習。電視新聞特備節目探討清拆天星碼頭引發的街頭運動，畫面重現被拆毀的鐘樓，像垃圾似的運到堆填區去。

美琪呆呆地盯着屏幕，又想起跟爺爺一起的片段，她仍然無法接受爺爺和鐘樓已經消失了。

國鏗把影印好的筆記放在飯桌上，細心地把每科筆記分類，找出早已用熒光筆劃好的重點，示意美琪過來，跟她詳細解釋。

美琪伏在飯桌上，聽着國鏗柔和的聲線，但聽不到內容，大腦像封鎖了，身體有種前所未有的疲倦，彷彿回到童年，爺爺跟她說故事，她伏在爺爺的肚腩上，慢慢地聽不清爺爺說什麼，睡着了。

美琪累極了，一聲不響地離開飯桌，坐在沙發，倚着坐墊發呆，國鏗擔心美琪忙於辦喪事，沒時間溫習，連忙拿着筆記，走到沙發旁坐下，繼續講解。他希望美琪盡快追回進度，卻沒察覺她的體力已透支。美琪漸漸倚在他身上，他才回過神來，發現美琪睡着了。他不敢動，生怕弄醒美琪。起初他挺直腰板，堅持把手放在膝上，時刻提醒自己不能睡去，怕簡先生回來誤會他討美琪便宜，半小時過後，他感到眼皮沉重，身體陷進沙發，就如墮進寧靜輕柔的浮沙裏，睡着了。

恆生指數升穿新紀錄，簡先生的投資賺了不少，但他沒有開心的感覺，只想儘快完成手上的項目，好好放假。也許待美琪會考後，可帶她外遊散心。

這晚簡先生加班至十二時許，當他扭動門匙開門時，子夜已過，是星期六的凌晨了。原本五天工作的他星期六不用上班，但堆積如山的工作令他不得不回公司，這晚他約有五小時睡眠時間，明天九時許又要回公司再戰。

客廳一片幽暗，他隨手開燈，即呆在當場，手上的公事包掉到地上——美琪跟穿上校服的男同學在沙發上睡覺，女兒的頭墊在男生的腹部——簡先生怒火中燒，一枝箭走到沙發前，扯起男生，卻見男生睡眼惺忪，一臉愕然，他已一拳打過去。

由於掛心美琪，國鏗這幾天初嘗失眠滋味，繃緊的神經放鬆了，睡得近乎昏迷似的，冷不防有人扯他起來，隨即感到肚子極痛，才知吃了一拳。

「你對我女兒做過什麼？」簡先生怒吼。

「沒有……我給美琪講解筆記！」國鏗一臉愕然

「講解筆記要摟摟抱抱，一起睡覺嗎？別以為我不知道你在想什麼，我知道……」

「爸，你吵什麼？」美琪覺得頭很重，不知是否在做夢。

「滾！」簡先生不欲跟男生糾纏。

國鏗無辜地捱了一拳，看見簡先生的雙眼快要噴火似的，不明白他為何如此生氣，心想自己只是跟美琪溫習而已，何況他的手沒碰過美琪，不過美琪的頭滑到他的肚上罷了。

國鏗有點生氣，連忙收拾書包，拋下一句：「我走了。」

美琪清醒過來，只管目送國鏗離開。她從未見過爸爸如此激動，不明所以，心想她和國鏗穿上整齊衣服溫習，即使睡去，爸爸也不應誤會。

簡先生高聲喊叫外傭的名字，外傭連忙從工人房走出來。他問：「他們做過什麼？」

「我做飯給小姐和同學吃後，就一直留在房間……」外傭慌張地說：「臨睡前我走出客廳，看見沒有人須要用燈，就關燈了。」

簡先生怒聲責備：「孤男寡女在客廳，你竟然躲在房間睡覺？」

外傭嚇壞了，不敢作聲。

美琪不願外傭無辜被罵，說：「爸爸，你想知道什麼就問我吧！今天我們約定為爺爺選墓碑，你卻失約了。」

「我不上班，錢會從天掉下來嗎？還是你賺錢為爺爺買墓碑？」簡先生深知這段期間只顧工作，忽略了女兒，但餘怒未消，仍在責怪女兒。

美琪不解地看着父親，彷彿不認識眼前的人。簡先生看過太多中學生未婚懷孕的新聞，曾有同事的女兒未夠十八歲就結婚；他以為女兒不知何時學壞，趁他加班時帶男生回家。這是他親眼看見，沒有冤枉她。

「我要回房間。」美琪感到被冤枉，憤然道。

簡先生頹然坐下，沙發仍有他倆的餘溫，感到氣憤和無奈，心想女兒長大了，要是學壞的話，把她鎖在家中也管不住。

美琪正想回房間，但見爸爸神色難過，忍不住停下腳步，道：「爸，我們剛才真的在溫習，太疲累才睡着了。你別想太多，早點洗澡睡覺吧。」

「若只是溫習，為何摟抱在一起？」

「我們沒有抱！」

「我親眼看見，你以為我是傻子嗎？」

「你不信任我嗎？」美琪的目光令他想起前妻。

簡先生怔在當場，驀然想起離婚前，她曾以同樣的語氣問他：「你不信任我嗎？」

他把頭埋在膝間，恨不得剛才那一幕是幻覺，但一切都是真的——美琪跟男同學在沙發上睡覺，態度是說不出的親暱。

外傭一直站在那兒，美琪輕輕說：「你回房睡吧！」

簡先生無法不相信自己的眼睛，他的心彷彿被人狠狠揪了一下，又像一塊大鉛石壓在胸口，無法呼吸。

「那男生叫什麼名字？」

「謝國鏗，你在去年聯校歌唱比賽見過他。他和弟弟，還有同學陳子駿在台上唱《飯團無限好》。」

原是很惹笑的畫面，但簡先生笑不出來，問：「他幹嗎這麼晚才來？」

「他放學就來了，那時我還在殯儀館，他一直在等我。」

「他來幹什麼？」

「帶筆記給我，提醒我做功課。他最近每天也來替我補習，晚上七時就離去，只是今天待晚了。我見外傭準備飯菜後，便叫他一起吃。」

「你們為什麼……嗯……為什麼摟在一起睡？」

「我很疲倦，不知不覺在沙發睡着了。我沒想到頭倚在他身上，也不知道他睡着了。」

「單是睡覺？」

「爸爸，你以為我們做過什麼？」

「沒什麼。」簡先生按住怒火，沉着氣說：「明天我要加班，下班後與你一起找陳先生。」

「陳先生叫我們選一張爺爺近照，放在墓碑上。」

「知道了，你回房睡覺吧！夜了。」

「爸爸，你要信任我。」

簡先生只相信自己所見的；然而面對女兒，感情戰勝理智，他最終點頭說：「信任。」

美琪釋然，說：「爸爸，我會讓你知道，我值得信任。」

信任是珍貴的，即使婷婷不信任柳紅，張叔叔仍百分百信任妻子。

這天柳紅相約兩位老朋友在尖沙咀茶聚，張叔叔原本打算跟她們一起，但見柳紅和朋友以家鄉話閒聊，想是姊妹之間有許多悄悄話。他鑑顏辨色，說：「我約了朋友，先離開，你們慢慢聊吧！」

柳紅的朋友不掩飾高興的神情，即說：「我們還要聊許久，張先生請自便！香港是購物天堂，待會我們會帶柳紅購物，晚上才送她回旅館！」

「我可來接她。」說罷，張叔叔前往結賬。

「你們沒帶手機，不方便聯絡！」張叔叔彷彿看見妻子朋友的笑容有點狡滑，但立刻提醒自己不要胡思亂想。

張叔叔把寫上莫家電話號碼的紙條遞給柳紅，說：「我會待在莫家，你回來時，打電話給我，我來

接你！」

「哎呀，柳紅嫁給你真有福氣，不像我，來港半年就鬧離婚，跟女兒搬到天水圍的屋邨裏。」柳紅的朋友化妝濃艷，衣着性感，穿上領口太低的貼身襯衫、刻意突出女性曲線的窄身褲，肩膀掛個名牌袋，牌子大剌剌的印在袋上。張叔叔覺得她們不正派，不像普通朋友聚會的打扮。雖然如此，他仍提醒自己別以貌取人。他給柳紅一點現鈔，說：「跟姊妹好好逛。」

柳紅笑說：「不用了，我身上還有錢。」

「先把錢放好，萬一迷路，乘計程車時告訴司機旅館地址就行，或打電話給我，我來接你。」

「真恩愛，分開一陣子就難捨難離。」柳紅朋友的廣東話帶鄉音。

今天柳紅沒有穿鮮紅色連身裙，卻穿上粉色碎花襯衣，打扮仍然土氣。

張叔叔站起來，跟柳紅的朋友說：「她第一次來港……」

「你怕我們會把她賣掉，或給她介紹男人？」

雖然明知說笑，但張叔叔還是忍不住板起臉孔，勉強打起精神說：「別丟了寫上電話的紙條和旅館名片！」他不喜歡這種笑話，不知道柳紅的朋友本是不正經，還是來港後變了。柳紅曾說她們是中學同學，嫁來香港後，曾帶許多禮物回鄉，跟大家說香港的生活怎樣美好，但從她們的住址看來，張叔叔知道她們過的是基層生活，不過誇大其詞，刻意炫耀。

「你把我寵得像三歲小孩了。」柳紅甜笑跟他道別。

今晚莫先生加班，莫太太回外國娘家，只有婷婷在家。

張叔叔與妻子分別後，就乘車前往莫家為婷婷補習。

婷婷看見張叔叔獨自前來，問明原委，一本正經地說：「我在港聞版讀過許多內地女人嫁來香港，騙了丈夫的錢，躲起來辦離婚的消息。」

張叔叔微笑，輕拍婷婷的頭，說：「快會考了，你還有心思理會大人的事！」

「張叔叔的事就是我的事，你的終身幸福當然比我的會考成績重要。」

「何時變得口甜舌滑？」

「漂亮的女孩不用懂得説話，我長得不美，就要懂得説話逗人開心。」婷婷嘟起嘴巴説。

「胡説，誰説你不美？你有一顆金鑄的心！」

婷婷以為張叔叔耍她，面色一沉，説：「別騙我了。小時候，大人説乖孩子討人喜歡，假的，誰不看外表？我跟阿雪在街上吃飯，她所得的分量總是特別多。」

「別多心，你對所有人一視同仁，自然看到別人也如是。」張叔叔神色不變道。

這陣子婷婷常常懷疑別人對她的稱讚是否真心，聽見張叔叔的話，便質疑道：「如果外貌不重要，你為什麼看上美麗的女人？」

「我看到柳紅的內在美。」張叔叔肯定地說。

「張叔叔，你太容易信任人。」婷婷思忖着什麼，問：「她有錢跟朋友購物嗎？」

「我們有薪金，雖然不多，但可讓她買點衣物。」

婷婷不服氣，沒有說下去。

「別胡思亂想，我們先溫習英文吧！」

張叔叔坐在飯桌旁，為婷婷補習。兩小時過去了，外傭做了茶點，他們停下來吃下午茶，休息一會。

「她沒有給你電話啊！」婷婷繼續挑戰張叔叔。

「她跟朋友聚會，不必經常報告行蹤，別多心。」張叔叔只管放心吃茶點。

下午六時許，電話鈴聲響起，婷婷接電話，是莫先生來電說不回家用膳。婷婷放下電話後，吩咐外傭說不用為爸爸準備晚餐，轉頭問張叔叔：「小紅姨來吃晚飯嗎？」

「她們難得見面，會一起吃飯，很晚才回旅館。」

「她的朋友正派嗎？」婷婷試探張叔叔。

「繼續溫習吧。你的英文發音還不夠準確啊！」

時間過得很快，轉眼已到八時半，菲傭準備好晚飯，婷婷把一隻肥美的雞腿放在張叔叔的碗裏，笑説：「你在鄉間應該很少吃雞腿！」

張叔叔打趣道：「對，我現在只懂吃米飯，忘了雞腿的味道了。」

婷婷笑個不停，哀求道：「張叔叔，留下來吧！那我們可以經常相聚！」

「我們要回去教書。」張叔叔搖頭道。

婷婷咄咄進逼：「內地女人貪慕虛榮，全都喜歡香港，如果小紅姨喜歡香港，你會留下嗎？」

張叔叔放下碗筷，板起臉道：「別肆意批評別人了。她掛念家裏的小豬小狗，不會喜歡香港的。」

「如果她今晚不回來，即我的想法是對的。」婷婷心裏只想讓張叔叔發現柳紅的「真面目」，沒有在意張叔叔的不快。

「她一定回來。」

「你那麼醜——噢，對不起。」婷婷心裏有太多美醜的判斷，一時漏了口，感到不好意思，「張叔叔，我的意思是，她可以找個比你有錢和好看的男人！」

「你不理解愛情，她不是這樣的人。內地有許多高幹子弟，不少更是富豪第二代，如果她真的貪慕虛榮，大學畢業後，大可南下找機會，不用為騙取居港權而嫁給我。我們了解對方，才決定結婚的。你明白嗎？」

「好吧！等着瞧。」婷婷始終不服氣。

飯後張叔叔繼續為婷婷補習，婷婷漸漸倦了，呵欠連連，抬頭看牆上的大鐘，時針指向十一時，她伸伸懶腰，說：「張叔叔，你吃夜宵嗎？她還沒有給你電話。」

張叔叔不願再跟婷婷在柳紅的事上糾纏，連忙轉話題：「婷婷，我在陝西那麼久，沒聽過你說學校的事。最近學校可有趣聞？」

「去年我和阿雪、美琪、阿恩、小敏組成彩虹五貓樂隊參加聯校歌唱比賽，算是趣事嗎？」

「彩虹五貓，真有趣，你是哪種貓？」

「我是貪吃貓。」婷婷伸手扮貓爪。

張叔叔笑起來，說：「我臉上有疤痕，豈不是花面貓？」

「為什麼你可用自己的外貌開玩笑？你不難過嗎？從前你的樣子那麼好看，毀掉了你不覺得可惜嗎？」

張叔叔收起笑意，認真說：「我們的外貌由遺傳基因控制，不由人選擇。長得美固然高興，就算長得不如主流文化定義的美，也有其獨特的氣質，我們要懂得珍惜和欣賞自己。」

「你不覺得這些理論自欺欺人嗎？」婷婷不以為然：「假如你的樣子像從前一樣，跟太太走在街上，應該是很匹配的一對。現在……現在呢……」

「現在是醜漢跟美女在一起吧？」

張叔叔的信心開始動搖了：假如他的容顏未毀，能夠讓妻子看到他最有神采的一面，真好。但想了一會後，他堅定地說：「婷婷，我認識柳紅時，已是這樣。如果她喜歡俏郎君，當天不會跟我一起。我承認半夜夢迴，渴望變回昔日的自己，然而人生不能回頭看，既然過去無法挽回，我只能珍惜當下。」

「整容吧！你可以整容！我們一起整容吧！」

「就算整容，人總會老去。我無法、也沒能力追求外表。現在生活很好，妻子愛我，學生也愛我，他們看見這副皮囊以外的我……你從前不是這樣的，你不開心嗎？」

張叔叔的話觸碰婷婷的心靈深處，使她不由得眼睛濕潤。她頓一頓道：「你該看過我中三時的學校旅行照片吧！從前我不覺得阿雪和美琪比我漂亮多少，現在我卻愈來愈醜。電腦裏有許多我和同學們的生活照，你要看看她們變得多美嗎？」婷婷指着客廳的電腦問。

「不用了。人生不是選美比賽。別在這話題糾纏了！真愛並不在於我們的外貌和錢財，正如《聖經》說，『愛情，眾水不能息滅，大水也不能淹沒。若有人拿家中所有的財寶要換愛情，就全被藐視。』婷婷，你看坊間的愛情小說和電視劇太多了，當中的價值觀扭曲，別盡信，將來你一定會遇到愛你的人。」

婷婷開始累了，伏在桌上道：「我不跟你爭持了……你可以打電話給她的朋友問問啊。」

「我信任她，不想追問她的行蹤。」

婷婷的睡意極濃，隨口說：「她剛來香港，有可能迷途呢……」

聽婷婷這樣說，張叔叔驀然發現自己口裏常說「信任」，心底裏卻怕妻子如婷婷所言，存心離開他，所以默默等候她出現，以推翻心中的懷疑。要是真心相信她，他會設想各種可能性，早應想到安全問題，就算向她朋友查詢也屬正常。

張叔叔先致電賓館，知道柳紅還未回去，便打電話給柳紅的朋友，等了很久才有人接電話。對方明顯剛被電話鈴聲吵醒，以沙啞的聲音問：「誰？」

「我是柳紅的丈夫，請問她跟你在一起嗎？」

「噢，我們在尖沙咀逛街，她買了些衣服給你。九時許我們就分散了……柳紅還未回去嗎？」

張叔叔焦慮起來，問：「你送了她上計程車嗎？」

「在地鐵站出口分別後，我和另一個朋友乘巴士回天水圍，她乘地鐵回賓館，她沒有給你電話嗎？」

「沒有，還未回來。她到底往哪兒去？」

「要不要報警？」

「成人失蹤四十八小時後才會受理，況且，她可能想多逛一會。」

「不可能，我們叫她吃夜宵，她堅持要走，說不想讓你擔心。」

「明白了。不好意思，吵醒你了，我再想辦法找她。」

「沒關係，柳紅回來後，無論多晚也請給我電話，好讓我安心。」

掛線後，張叔叔緊張起來，婷婷睡意全消，這時候莫先生剛巧回來，建議駕車四出尋找。

「香港那麼大，連她在哪區也不知道，怎找？」婷婷說。

「是我不對，我應該給她手機，應該早點找她的朋友，是我的錯……」

婷婷從沒見過張叔叔這副模樣，自責的表情令他更醜，但在極醜之中，婷婷看到他對妻子的深情，驀然有點感動。

「婷婷留在家裏等電話，我和老張駕車到油尖旺一帶走走。」莫先生說。

「豈不是大海撈針？」

「總要一試。婷婷，你久不久就致電旅館，看看柳紅回去沒有，找到她就通知我們。」張叔叔說罷，跟莫先生出去。

差不多凌晨二時，婷婷極睏，但不敢睡覺，便把手提電腦搬到飯桌上，上網看看哪個朋友在線，打發時間，原來阿恩還未睡覺。

「你就好 la，不用溫習，我卻溫習至深夜 :(」

「我煩惱時，你不知道罷了。」

「你不用掛心會考成績，還煩惱什麼 >.< ?」

「王文偉想我做他的女朋友。」

「羨慕你 lei。」

「我不知是否喜歡他，但渴望他陪伴，是否很壞？」

阿恩説罷，不斷反問自己，究竟是不喜歡他，還是怕跟他拍拖後會失去他。

「你們拍拖了？」

「還沒有，但有時無聊，想他陪我，不知如何是好。」

婷婷看着電腦熒幕，不知如何回應，只好轉話題：「張叔叔的太太失蹤了。」

「你從前的補習老師？」

「你在我家見過他 ga。」

「毀了容的那個男人……有人願意嫁他？」

「arrrrrrrr... 是內地的年輕美女，你猜她是否貪 $$$$$$$？」

「可能我也貪 $$$$$$，王文偉家裏沒 $，跟富家子拍拖會否更好？」

説罷，阿恩發現自己常批評別人，彷彿所有人都是蠢蛋，但自己又有什麼過人之處？不過是讀書聰明記性好，沒有什麼了不起。

阿恩沒說下去，在 MSN 打上「88, cu!」後，就關掉電腦，躺在牀上，瞪着天花板發呆。

婷婷發現阿恩已離線，就找其他網友聊天，想不到午夜的網絡世界比日間更熱鬧；赫然抬頭，看看牆上的鐘，已是凌晨三時。

她每隔半小時就按張叔叔寫下的電話號碼撥至賓館，賓館職員沒好氣地說：「311 號房間的客人還未回來，接駁電話到房間也沒人接聽，門匙還在大堂。」

「麻煩了。」婷婷歎氣道。

門外傳來奇怪的聲音，婷婷從防盜眼看去，發現柳紅手挽着兩個購物袋，在門外徘徊。

柳紅正打算轉身離開，聽見大門打開，婷婷站在眼前。她雙眼一紅，扔下購物袋，摟着婷婷哭泣，購物袋掉在地上。

婷婷有點手足無措，生澀地拍拍她的肩膀，安慰道：「別怕，進來吧！」

柳紅跟婷婷走進屋內，外傭知道今夜有事發生，一直躲在工人房不敢睡覺，聽到大門一開，就連忙走出客廳，問：「你們要吃東西嗎？」

婷婷用普通話問柳紅一遍，柳紅搖頭說：「不用了，我想要一杯開水。」

外傭應聲而去，婷婷連忙致電爸爸，電話旁邊的張叔叔興奮得叫了出來——終於放下心頭大石。

「嚇壞我們了，發生什麼事？」婷婷問道。

柳紅坐下來，喝一口水，眼淚流個不停。

婷婷給她紙巾，她擤擤鼻子，說：「我走進地鐵，打算買票時，發現錢包不見了。不知是被偷，還是掉了。」

「啊，何不致電我們？」

「電話號碼也放在錢包裏。」

「最後怎麼辦？」

「我徒步前來，途中迷路了，走了幾小時才找到這裏。」

「為什麼不回旅館？」

「莫家較接近尖沙咀啊！」

婷婷笑道：「你真聰明，來了一次就認得路。」

「我們鄉下人什麼也不懂，只懂認路，就算天全黑了，只有月光，我們也能認路回家。」

「很了不起，你怎記得我們住哪一層？」婷婷問。

「其實我忘了。跟隨住客走進大堂後，我爬樓梯到每一層找你們的單位，幸好你開門了，不然，我會繼續向上找。」

柳紅哭了好一會，心情漸漸平復，就拾起地上的紙袋，拿出一些男裝衣服，笑問：「你猜他喜歡我選的款式嗎？」

「當然喜歡，就算你給他破布，他也會歡歡喜喜地穿上。」

柳紅臉紅，道：「婷婷真好，難怪他那麼喜歡你。」

「哪裏好？我都不漂亮。」婷婷歎喟。

柳紅敲敲後腦勺，一臉不解道：「你們香港人真奇怪，滿街都是性感美女廣告，你們花很多錢美容吧！」

「香港女孩子很捨得花錢美容瘦身。」

「還好我們後天回家，不用再看那些廣告，與廣告女郎相比，我是個土包子。」

「怎會呢？你這麼美……」婷婷感到難為情，問：我想知道……你怎會嫁給張叔叔？」

柳紅甜甜一笑，雙眼盯着遠方，彷彿在回味什麼，說：「張叔叔有多好，你應該知道。他心地善良，待人無私，嫁給他是我的福氣。我的英語不好，他義務教我；我給他做飯，縱使味道欠佳，他每次都吃光，還跟我說謝謝。」

「這樣就愛上他了？」婷婷難以置信。

「他博學多才，人卻謙虛，待我和家人好得沒話說，而且他熱愛教育，每個學生都喜歡他，我們一起教書，有說不完的話題，很幸福。」柳紅說着時一直甜笑。

「你……你不覺得他很醜嗎？」說罷，婷婷感到自己又失言。

「有些頑皮的小孩取笑他，他從不生氣，他就是那麼好。」柳紅笑說：「多年前他在香港一間中學任教，一名女學生向他求愛不遂，便把他從學校高處推下去，接着女學生跳樓死了。他活過來，但從此毀容了。雖然如此，他從沒有自卑自憐，反而時刻感恩，主動關心身邊的人。初次看見他時，我的確有點詫異，但他的人格使我感動和汗顏，外表的美醜已算不上什麼。」

「你愛張叔叔嗎？」

「唷，你怎會問這些問題？我不愛他，怎會嫁給他？」

婷婷很感動，心想張叔叔比自己醜一百倍，但仍有人這樣愛他，她憑什麼抱怨？

此時，大門開了，張叔叔跑進來，一手抱住妻子，柳紅安然伏在丈夫懷裏，笑着哭了。

「真是太好了。」莫先生說。

柳紅再說一遍遺失錢包，徒步來莫家的事。

「謝謝你及時開門，找到柳紅。」張叔叔對婷婷說。

婷婷想起早前誤會柳紅，心下羞愧，不敢直視張叔叔。

「可會太累？」張叔叔輕撫妻子的臉，憐惜地問。

「很抱歉，要大家擔心，又花時間找我。」

「不要緊，可有遺失證件？」莫先生說。

「沒有，幸好他教我把錢包和證件分開放，對不起。」柳紅一臉歉意，一再跟丈夫道歉。

「再道歉我就生氣了。我們洗把臉，出外吃點東西吧！」張叔叔溫柔地說。

「香港有夜茶嗎？」柳紅瞪大眼睛，一副不可置信的樣子。

「香港廿四小時都有食肆營業，你想吃中式還是西式？」婷婷問。

「我不懂，隨你們喜歡。」

「老張，你得此賢妻，真好福氣！」莫先生說。

張叔叔意味深長地微笑，看了婷婷一眼，彷彿在說他全然信任妻子——愛情包含信任。

天空已泛起魚肚白，他們乘莫先生的車到附近通宵營業的西餐廳。大家以普通話交談，有說有笑。在餐廳內，沒有人留意張氏夫婦近乎「美女與野獸」的組合；沒有人留意柳紅的土氣打扮和帶鄉音的普通話，也沒人注意莫先生和婷婷兩父女。婷婷開始明白，你不在意自己的「缺點」，別人也不會放在心上。

婷婷在張叔叔與柳紅的對望中看到傾慕、超越外表的愛和信任。

張叔叔夫婦回鄉後，婷婷埋首苦讀之餘，也學懂信任同學和朋友，漸漸體會到信任別人的美好感受。

有天放學回家，婷婷看見飯桌上有一封信，她放下書包，看看信封上蒼勁的字迹，就知道是張叔叔寄來的。婷婷忍不住歡呼——他們平安回家了。

婷婷：

我們回到陝西了，小紅要我向你們道謝，尤其感謝你的信任。

這裏曾經不容基督教，現在已有小禮拜堂了，我很感恩。

婷婷，我這次回來，發現你太重視外表。你永遠是張叔叔心目中最可愛的女孩，不因為你的外表。

《聖經·詩篇》73篇26節說：「我的肉體，和我的心腸衰殘，但神是我心裏的力量，又是我的福分，直到永遠。」

我的肉體的確衰殘，但妻子只看見我心靈的力量。你也許不明白，為何心靈遠比肉體重要，但不要緊，愛你的人總會讓你知道：世俗眼光的美與醜不是最重要的。

張叔叔

尋找彩虹

四月開始會考，農曆年假後，中五的同學已收拾心情溫習，連最愛鬧事的子駿也認真起來。國鏘對會考胸有成竹，英語是他的第一語言，以英文應考對他有利，沒哥哥那樣緊張。

補習老師給小敏各名校和補習天王的模擬試卷。坊間早已流傳出卷的人會「泄漏」試題，小敏自覺佔盡先機。

小敏把模擬試卷影印給同學，阿恩不屑一顧，認為考試太容易，不必操練這些試卷。

王文偉藉着給阿恩模擬試卷為由與她約會，阿恩對試卷毫無興趣，但她答應外出，她喜歡被人關心的感覺，不知是否喜歡他。阿恩一直認為自己不喜歡沉悶的人，王文偉不懂跳舞，不懂説笑話逗人開心；但他待人誠懇，從不佔她便宜，不像其他網友。早前王文偉曾表白，阿恩不置可否，説會考後才回答他。

阿雪面對小敏的好意，掙扎良久，她記得媽媽的教導，也熟讀爸爸的信，知道考試必須公平，預先得知試題對其他考生不公，但她實在渴望拔尖入大學，所以接受小敏的好意。

婷婷整天在家讀書，收到小敏的模擬試卷如獲至寶。莫先生教導女兒操練模擬試卷的方法：會考前兩個月，調校好作息時間，留意考試時間表，每天早上梳洗後，在考試局設定的開考時間做模擬試卷，把鬧鐘調校至考試完畢的時間，待鬧鐘一響，自動停筆。莫先生説每日操練，進入試場就能習慣考試的氣氛，他當年也因此考得三優四良。

婷婷對會考期望不高，心想盡力而為，能夠在原校升讀中六就行。一直以來，她渴望美貌與智慧並重，但身邊「高手如雲」，她明顯給比下去；如今，她找到自己的位置，明白到盡力做好每件事，對得住自己就行，考試如是，保持外形整潔如是。

爺爺離世三個月後，美琪慢慢平復心情。在校內模擬試後不用上學的日子，國鏗常帶功課和筆記上簡家溫習，有時跟國鏘和子駿同往。簡先生回家時看見國鏗和美琪努力備戰，慢慢發現國鏗性格正直純品，開始對他改觀，心想當天太衝動了，應該信任女兒。

簡先生為公司開拓了內地市場，即將升職加薪，但這一年忙於工作，忽略了父親、女兒和女友，心裏歉疚。眼見女兒跟一班好同學專心備考，稍覺寬心。國鏗看着美琪的眼神，透着奇異的感情，更讓他想起自己的青葱歲月：當年他為了專心會考，放棄追求心儀的女同學，後來她跟好友相愛，他遺憾了好一陣子。他想起年輕時最討厭父母干涉他的社交生活，現在看見女兒的朋友誠懇乖巧，更願意百分百信任女兒，不會過分管束她。

美琪跟國鏗一起溫習時，感到兩個人很親近，甚至有點心有靈犀的感覺。大家靜靜地讀着相同的筆記，目標一致地迎向會考，那種共同進退的感覺真好。她希望兩人都可原校升讀中六，繼續一起溫習的時光。

開考前一天，美琪、國鏗兄弟和子駿一起做小敏的模擬試卷時，國鏗看到那些模擬答案，笑說：「連作文題目也有提示，還有範文，真荒謬。」

「那你又讀？」子駿揶揄他。

「我看看而已，傻瓜才會背範文。」

「外國的新聞網站都寫香港學生『高分低能』，有些數學系學生考大學入學試不過背誦算式過關，上大學後就不及格了。」國鏘拍拍哥哥的肩，彷彿暗示他意圖背範文，同樣是「高分低能」，國鏗作勢打國鏘一拳。

「不用太認真，當作多做幾份舊試卷吧！」美琪為國鏗解圍。

「早前你爺爺 pass away，你情緒低落時常沒由來地哭，哥哥很擔心你無法考會考，幸好現在回復正常了。」國鏘說。

國鏗靦腆地辯解：「他是『外國人』，you know，頭腦簡單！」

「先前想起爺爺就哭，現在好多了。」美琪重現燦爛的笑容。

「外國人喪親後總會把感受說出來，但中國人不會。」國鏘嘗試安慰美琪：「其實媽媽遇上交通意外後，我感到整個世界彷彿停頓了，只想整天躲在房間裏，與世隔絕。」

「我也會刻意不想起爺爺臨死那一晚。」

「老師說，我們遇到難以接受的事，會經歷幾個階段：先是否定——得知噩耗的初期，我曾不相信媽媽遇上車禍；然後憤怒——那段時間我常問上天為什麼讓媽媽遇難？繼而傷心，然後接受，最後放下。希望你能從悲傷中走出來，慢慢接受現實。」國鏘曉以大義。

美琪沉默下來，鼻子發酸，感到自己仍然傷心，未能真正接受爺爺突然死去。

「老師沒有教你不要刻意提起傷心事嗎？驢頭！」國鏗大為緊張，認為弟弟不應勾起美琪傷痛的回憶。

「國鏘是對的，起初聽到別人提起爺爺，我會很傷心。看見天星碼頭鐘樓的照片，我會無緣無故流淚。現在好多了，你們不用忌諱，你們刻意不提及，我也不會忘記爺爺。」美琪微笑，不想他們過分擔心。

「對！爺爺有留給你家傳肉嘴嗎？要是沒有，我有！」子駿開玩笑緩和氣氛。

國鏗和國鏘同時出手打他，國鏗說：「這個爛 gag 說了一年，你再說，我就打破你的豬嘴。」

子駿即時掩住嘴巴扮鬼臉，逗得美琪哈哈大笑。

「繼續溫習吧！」美琪整理筆記，說：「我感到爺爺一直在我身邊。」

子駿裝作神色慌張的四處張望，國鏘沒好氣地說：「你的演技太差，無法逗我們笑。」

「誰說我的演技差？遲點我投考演藝學院，憑着我的戲劇天分，畢業後必定做明星！」子駿站起來模仿明星鞠躬。

「讀書那麼辛苦，你的笑話可鬆弛神經。」美琪笑說。

子駿故意板起臉孔：「你們總以為我說笑，我是認真的。」

「我們要 work hard，play hard，會考後一起遠足吧！」國鏘舉手興奮道。

「好啊！去大澳吧！由東涌地鐵站步行至大澳，可玩一整天。」國鏗附和。

「好主意，我們把握時間讀書，不要只顧說笑了。」美琪催促他們道。

子駿吐吐舌頭，說：「我以為你想說爺爺跟我們一起去大澳！」

「可能媽媽也會從紐約回來，跟我們一起去大澳！」國鏗感到媽媽永遠跟他們同在，這一年裏他已經接受和放下媽媽離世的傷痛。

大家忍不住笑起來，美琪笑罵：「夠了，別鬧了！」

子駿即時裝作專心讀書，模樣惹笑。國鏗見美琪這天常常笑，暗地裏給子駿嘉許的目光。

會考期間，同學們全力以赴。無論成績如何，至少對得起自己。

捱過會考後，大部分同學閒賦在家，只有阿雪仍忙於替小學生補習。6 月中，子駿在電郵相約同學行山，反應熱烈，大家約定於某星期三早上九時於東涌地鐵站集合。

試後小敏忙於執拾行李，她不待放榜就到美國去。她很珍惜這次遠足旅行，在電郵問阿雪、阿恩、婷婷和美琪可要穿不同顏色的衣服，以代表彩虹五貓，四個好友都笑她老套。小敏不服氣，在電郵回覆道：「我想臨走前拍照留念而已。」

阿雪回覆全部人：「如今的人太多照片太少生活了。我們的感情不變，不在乎多一張彩虹五貓的照片！」

阿恩回覆：「no la, how stupid！」

婷婷寫：「外貌不是最重要的，無論穿什麼衣服，我們都是彩虹五貓！」

美琪寫：「子駿會取笑我們的。」

小敏回覆：「我真的那麼土嗎？」

大家都覺得小敏老套，但沒有人再覆電郵。

遠足那天，陽光灑遍大地。子駿和國鏗兄弟最早到達，在附近的快餐店吃早餐。子駿是發起人，他跟謝氏兄弟早已試走這段路，認為適合大家一起遠足。

吃罷早餐，他們回到地鐵站，二十多個同學也來了。大家等待遲來的同學時，漫無邊際地閒聊，談談吃了什麼早餐、找到暑期工沒有、最新款手機……

和尚和張建寧遲到十分鐘，他們道歉後，大家就出發。同學三三兩兩地前行，還未走到逸東邨，子駿接到顧欣盈電話，說：「對不起，路上堵車，遲到了，我可以趕上來嗎？」

「你知道怎樣來嗎？」

「不知道。」

「那你在地鐵站等我，如果還有同學遲到，可以一塊兒去。」

子駿建議國鏗走在前頭，國鏘留在最後照顧走得慢的同學，他則折返地鐵站接顧欣盈。

美琪與婷婷走在前方，婷婷問國鏗：「暑假會去旅行嗎？」

「會，美琪告訴了你？我們會去美國，國鏘想探望朋友，我和爸爸則想看看媽媽跟國鏗從前生活的地方。」

婷婷在國鏗身邊低聲說：「你別怪我多事，你家的經濟情況……」

「爸爸的生意上了軌道，他說這幾個月股市大升，賺了許多錢，可帶我們去美國。不過，股市波動大，我有點擔心。」

「我爸也有買股票，但大人的事，我們擔心不來！」婷婷安慰道，國鏗點點頭。

見國鏗神色凝重，婷婷刻意逗樂，大聲問：「美琪同去嗎？」

美琪聽到，反問：「為什麼我要去？」

「你不是謝家小媳婦嗎？呵呵呵！」婷婷取笑美琪說。

美琪追打她，婷婷走到小敏那兒，躲在小敏身後，跟小敏說：「謝氏父子去美國，你們可以聚舊！」

「美國那麼大，怎聚？」小敏承接剛才的笑鬧：「況且，謝家小媳婦又不是我。」

「你們太過分了。」美琪佯裝生氣，「我跟國鏗只是好朋友，不是情侶。嗯，我怕太早決定，會決定錯誤。爸媽離婚，我不想跟他們一樣。」

「現在你不愛他，待他走了，可能更錯！」婷婷悄悄在美琪耳邊說。

美琪聽了，若有所思。

由於人多，在後面的國鏘大聲問走在前頭的哥哥：「我們要停一停，等候子駿和顧欣盈嗎？」

國鏗叫大家在空地休息一會。

另一邊廂，子駿跑到地鐵站，看見穿上小傘裙和布鞋的顧欣盈，跟平日上課的樣子完全不一樣，差點認不出她。

「怎會穿裙行山？」子駿以一貫的語氣說笑。

「嗯，我穿小傘裙好看嗎？」

子駿心想，女孩子真奇怪，連衣服也有名堂，他從不知道短短的半截裙叫小傘裙，聳聳肩說：「好。」

「那我以後多穿。」顧欣盈羞怯地道。

「穿裙行山怕不怕……」

顧欣盈滿面通紅，說：「我穿了體操褲，你別多想。」

子駿笑起來，心想女生有那麼多穿衣心得，男生真的不知道。顧欣盈指向胸口上紅繩掛着的玉墜，說：「我也有家傳玉墜！」

子駿有點不好意思地說：「我的肉嘴比較多肉

吧！」

顧欣盈誇張地笑，說：「你的笑話很惹笑。」

子駿搔搔頭，加快腳步說：「我們快走，要趕上他們！」

「我只想跟你一起遠足。」

子駿呆在當場，傻瓜也能聽出顧欣盈的意思，何況他不傻。他喜歡的是美琪，美琪的快樂與悲傷都會牽動他的情緒。他知道喜歡一個人的感覺，他並不喜歡顧欣盈，連忙以粗魯的語氣說：「喂！大家在等，我們快走吧！」

顧欣盈明白子駿的意思，立時垂頭喪氣：「我不及美琪漂亮嗎？」

「你……你說什麼？」子駿止住了腳步。

「美琪受傷退出體操隊後，你的體操成績也退步了，我知道你喜歡她。」

子駿愣了愣，道：「我沒有，我真的沒有，國鏗才喜歡美琪。」

「我留意你五年了，只是你不知道。」顧欣盈深深吸一口氣，半央求半命令似的道：「你跟我約會吧！給我一個機會，也給自己一個機會。」

子駿傻乎乎地笑說：「嘩，跟你約會，媽媽會罵我。中學生不許談戀愛吧！你懂得什麼是矜持嗎？」

顧欣盃篤定地說：「我不懂，我只想爭取自己的幸福。」

「我們快追上去！暑假我約你外出，如果大家話不投機，就別勉強了。不過，我要先得到媽媽同意。」

顧欣盈聽到子駿說願意跟她約會，彷彿驟見曙光，興奮得一枝箭的跑上前，轉頭催促子駿說：「喂！我們快跑，追上他們！幹嗎停在這兒發愣？」

子駿心想，這個女孩也挺爽朗可愛，就跟着同去。

國鏗看見子駿和顧欣盈遠遠地跑過來，放慢速度前行。

阿恩問小敏：「你父母陪你去美國嗎？」

「爸爸去美國公幹，媽媽會陪我到大學安頓一切，然後看看爸爸可有時間前來。」小敏歎氣道：「爸爸常說減少工作，但只說不做，工作不減反增，我們跟他見面，必須先與祕書約時間。」

「我爸爸更誇張，今年常被急召上內地公幹，連爺爺的喪事也……」

「我的爸爸只在想像裏出現！」阿雪笑道。

張建寧不知什麼時候走近阿雪，搭腔道：「我爸兇巴巴的，經常打我。」

大家靜下來，阿雪道：「我寧願爸爸教訓我。」

不知不覺間，大家走到沿海石路，海風迎面吹來，有說不出的舒服。沿途大家不停拍照，有些同學用數碼相機，有些則用手機，任何同學的組合都拍幾張，拍得不滿意又重拍。

數王望向大海，大喊：「風景好美，可看到機場！」

剛剛趕上的子駿大叫：「人生很美，可看見美好前途啊！」同學不禁笑起來。

顧欣盈剛到步，邊喘氣邊附和：「人生很美，我們年輕——啊——」

阿恩跟小敏笑說：「大家很傻，美國的同學比較正經吧！」

「我喜歡大家的傻氣。」小敏擁抱阿恩，然後轉頭大喊：「人生很美，我們年輕，還有鴨腎！」

子駿大笑，說：「這是新詩嗎？」

「我叫瑪利安煮了鴨腎，我整個背包都是鴨腎，大家快吃，替我減輕背包重量！」

全體同學歡呼，區巽說：「啊！人生很美，我們年輕，還有鴨腎，小敏萬歲萬歲萬萬歲！」

大家一邊吃鴨腎，一邊續寫這首「新詩」，笑個不停。大概走了三小時，大家遠遠看見大澳在海的另一邊。

經過叢林時，阿雪聽到貓叫聲，問美琪可有看到小貓，美琪還未回答，國鏗指向前方說：「有人用紙盒遺棄小貓！」

人生很美，我們年輕，還有鴨腎！

阿雪跑在前頭，看見紙盒內有三隻初生小貓，咪咪地叫嚷，相信牠們餓壞了。

「真可憐，可惜我不能收養牠們，公屋不能養貓。」阿雪蹲下來，撫摸小貓的頭説。

「由我收養吧！我家可以養貓的。」張建寧用拇指指向自己。

「我想收養一隻。」美琪説。

「我也要。」婷婷呼叫道。

張建寧拿起紙盒，説：「先由我照料吧！養小貓很難，我媽喜歡貓，也懂得照顧，待牠們長大了，我才交給你們！」

「好啊！遲些我們才領養小貓。」婷婷拍手稱是。

大夥兒來到大澳後，有些同學決定早走，不留下來吃午飯。

餘下十五個同學一起上酒樓，在特大的圓桌旁坐下來，説説笑笑。不一會，阿姐上菜，站在婷婷身旁，跟她説：「美女，請移移身子。」

婷婷雙眼發亮，反問：「你叫我美女？」

「是啊，不叫你美女叫什麼？」

「但大家都比我美！」婷婷說。

「傻女，少年十八無醜婦，我當年也是美女，怎能說誰比誰更美。」說罷，阿姐繼續上菜。

數王附和：「美和醜沒有標準答案，看你的人覺得美，就是美。」

婷婷的心結一下子解開了，張叔叔的信也不及阿姐的一聲「美女」有說服力。美醜全是他人的看法，她無法改變別人，只能做好本分，健康愉快地成長。

國鏘頑皮地說：「阿姐，你會叫我靚仔嗎？」

「『靚仔』的意思是白飯呀，傻仔。」阿姐端上鮮魚時笑說。

「她說什麼？」國鏘聽不明白，轉頭問國鏗，國鏗吐吐舌頭，沒答他。

「爺爺曾說，從前茶樓侍應稱白飯為靚仔，例湯為例水，阿姐跟你說笑而已，靚仔！」美琪笑說。

區巽說：「明年今日，我們還會在一起嗎？」

「放暑假時，我會回來的。你們別忘記我！」小敏說。

「驅選，我們可以相約一起吃飯或行山。」子駿嗤笑道。

「你再叫我驅選，我就跟你絕交。」區巽佯裝生氣。

子駿嬉皮笑臉說：「不必那麼認真吧，靚仔。」

吃過午餐，國鏗低聲問美琪可想多逛一會，美琪點點頭，他跟大家說：「我和美琪在這裏多逛一會，你們留下來嗎？」

「我要返市區替學生補習。」阿雪答。

「你們想大家快點走，讓你們享受二人世界吧！」和尚說，其他同學跟着起哄，說他倆有夫妻相。

「我們也閒逛一會吧！」顧欣盈悄聲問子駿。

子駿不想同學傳緋聞，低聲說：「我們離開東涌才逛街。」

國鏗和美琪往海邊走，其他同學認為難得來到大澳，決定在大街走走。阿雪不介意獨自離去，跟大家説再見後，就往巴士站走去。

等車時，張建寧跑來，給她一個公文袋，説：「上車才看。」

「貓呢？」

「我會照顧的，你隨時可以來我家看牠們。」

「你真有愛心。」阿雪笑説。

張建寧漲紅着臉，不發一言，莫名其妙地跑遠了。

阿雪在巴士坐好，打開公文袋，看見許多自己的照片，全是過往一年在學校偷拍，然後用列印機列印出來的。阿雪心想，難怪經常聽到附近有奇怪的聲音，原來張建寧用手機偷拍她。

除了她的照片，還有上次一起做的通識功課，她想起張建寧幫她不少忙。看下去，還有他的信。

阿雪：

我可這樣稱呼你嗎？

我不是存心偷拍你的。一天上學路上，我看見陽光照在你身上，我覺得畫面很美，就用手機拍下來，後來忍不住愈拍愈多，希望你不要生氣。你喜歡這些照片嗎？我可以刪去存檔的，請別生氣啊！

你成績優異，在學校是無人不識的高材生，我想你只會留意像程卓民那樣的同學，不會留意我。我不敢當面跟你說，也不敢寫下來，但你那麼聰明，應該明白的。」

那封信沒有署名，阿雪翻到後頁，看見列印了最近高價賣出的自訂車牌的圖片——1 LOVE U。

阿雪將公文袋放進背包，默默看着窗外的風景，她不知道應該怎樣回應張建寧，只見景色匆匆而逝，她坐在巴士上，有點暈眩。

國鏗和美琪走到海邊，坐在長木凳上，感到很舒服，沒有説話，彷彿沒有什麼特別想説，只想靜靜享受日光。

一張舊報紙迎面吹過來，國鏗看見大字標題有股市二字，拿起來看，只見報紙寫道：「香港股市首次升破二萬二千關卡，終場恆生指數以 21999.91 點收市，創下歷史新高。」

國鏗看得出神，美琪笑說：「你有許多存貨嗎？」

「爸爸買股票。」國鏗說：「我很擔心他，他曾經破產，難得今年收入穩定，我見他投資股票，怕股市再次大跌，他承受不住。」

「這是舊新聞，昨天的財經新聞訪問兩名富商，一人說港股可能升上三萬點，另一人更說港股會上四萬點啊！」

「如果他們的話可信，就不會有那麼多人申請破產。」

「你不必為謝叔叔憂慮，他知道自己在做什麼。」

「對，我憂慮無法原校升讀中六好了。」

「國鏗，你跟子駿做了那麼多年朋友，為什麼你不像他一般樂觀？」

「誰說我不像他？我也有家傳肉嘴，送給你好嗎？」國鏗嘟着嘴說。

「不要那樣肉麻，你繼續憂慮吧！」美琪別過臉。

「我真的不應憂慮。今天那麼快樂，還有你在我身旁，為何還為將來憂慮？」

「對，人生好美，我們年輕，還有鴨腎……」

「美琪萬歲萬歲萬萬歲！」國鏗接上。

美琪的心像沉醉在美酒中，很想這一刻可以停頓下來。

阿恩、小敏和婷婷在大街買茶果，每人一個，吃罷婷婷笑說：「今天吃了那麼多，快變肥婆了。」

阿恩聽罷不以為然：「就算胖了，我們再來這裏，阿姐也會叫我們做靚女。我才不管胖不胖。」

小敏緊張地說：「我到美國後，真怕體重多加三十磅！」

「你們還記得中三時去美國醫治遺傳病的王秀美嗎？不知她怎樣？」婷婷若有所思說。

「不知道，希望她生活愉快。若果我知道她住在哪裏，或許可探望她。」小敏望向天空。

「你猜阿雪到達東涌地鐵站沒有？」

「給她短訊吧！」小敏興高采烈地說。

收到小敏的短訊後，阿雪把爸爸寫給她的詩句傳送給即將離港的小敏，和將來未必讀同一班的阿恩、美琪和婷婷。

阿雪很喜歡爸爸的祝願，她很感謝媽媽讓她轉讀這間學校，因而認識這羣好友。她不懂得怎樣開口，便以詩句祝福她們：

讓我的愛
像陽光一樣包圍你
同時給你
光輝燦爛的自由

後記：現在就是未來

關麗珊

這系列第一本小說《F.3A》在 2005 年 6 月初版，那時候，我在修讀中醫課程，現已擁有中醫學士學位。如果中三學生由這系列第一本書開始讀起，想已中學畢業，升上大學或社會大學了。

我很喜歡這小說系列，阿雪、阿恩、美琪、小敏、婷婷、子駿、國鏗、國鏘、數王、和尚、顧欣盈、李灝泉、王秀美、張建寧、程卓民以至林少寶等等，彷彿全是我的好友，我期望他們擁有美麗人生，一如期望所有讀者都有光輝燦爛的未來。

我們先說時間，《F.1A》的背景時空是 02-03 學年，《F.2A》則是 03-04 學年……如此類推。由《F.1A》到《F.5A》，前後橫跨五年。每本書都是獨立的短篇小說，把五本獨立短篇小說連在一起，自會變成長篇小說，從中看到人物成長，以及香港的變遷。

認識過去，才能掌握現在；活好現在，方可展望未來。每次站在學校禮堂演講的時候，我都會提醒學生現在就是未來：初中時你打好學業基礎，將來就能輕鬆面對公開試；中學時你做好中學生本分，長大後就可愉快發展事業。未來早在我們手中，你的現在，就是你的未來。

來到《F.5A》，我沒有寫他們的公開試成績，以及未來路向，留點空間讓讀者想像。也許有一天，我會繼續寫這羣學生的故事。

世事循環不息，《F.5A》結尾的時空是 2007 年夏天，那時恆生指數升過二萬點，香港樓價登上前所未有的高峰。來到 2010 年夏天，恆生指數跌破二萬點，數年來樓價大起大落，現已回到2007年的水平。

我們的快樂與哀愁也是循環不息的，沒有人永遠幸運，也沒有人永遠不幸。也許今天我們不如意，但只要堅守本分，難過的日子總會過去，許多美麗的明天等待我們。也許今天我們稱心滿意，當然要好好享受愉快的日子，但同時要顧及不如我們幸運的人，跟他們分享我們的快樂。

感謝一直捧場的讀者，先前因家事停筆，抱歉延遲了出版計劃，讓大家久等了，希望你喜歡整個系列。感謝新讀者拿起這本書，你可從中看到一羣中五學生的故事，如果你喜歡他們，可以繼續看其餘四本，相信你會更明白他們如何走過困惑的成長路。

感謝負責製作和推廣這小說系列的突破出版社同事們，這五本書是許多人參與才能完成的。謝謝大家。

飛翔專號系列 · 青鳥小説

關麗珊作品

F.1A

這是以真實時空為背景的小説：小學生踏入中學階段，高材生錯派學校、富家女考不上精英班、同輩間的排擠事件……中學生涯沒想像的美好；而「沙士」的陰鬱，為這羣學生帶來不同惆悵。

F.2A

這班中二學生各有不同的成長進度，面對陌生的自己和稚嫩的友誼，都有説不清的疑懼……他們能否積蓄勇氣，認識、接納和表達自己？

F.3A

中三的他們整天不快樂：想愛，又不知怎愛；與好友愛上同一女孩，卻不知女孩喜歡誰；想一家歡聚，總是碰壁，只有菲傭陪伴……這是他們的心聲。

F.4A

一羣好友因中四分科而分散，成長路上各有煩惱。父母婚姻多波折；親兄弟反目；遭心儀的男生當眾戲弄；高材生互相傾慕卻天各一方……他們能留下彩虹般美麗的回憶嗎？

F.5A

面對公開試，考第一的窮女生忙於兼職補習；資優少女不屑上試場；好友摯親猝逝，難平復心情；富家女將越洋升學，但堅持考會考……與此同時，香港經濟再起飛，城市卻失去些什麼。他們與時代同歷變遷，未來將怎樣呈現？

感謝您選了這本書，閱讀以後，
您有沒有一些啟發，一些感想？我們期望您的聲音。
請登上 **www.btproduct.com/book**，
在「讀者回應卡」頁面內填寫。謝謝。

飛翔專號系列最新書目

青鳥小説

書名	版次	作者
穿人字拖的公主	初版3刷	王心靈
攝記追蹤之真相	初版1刷	馮志康
鳥是樹的花兒	初版1刷	鄒文律
野地果	初版3刷	胡燕青
DeXtiny · 迷網	初版1刷	吳嘉榆、KHART等著
夜幕下的戀愛禱文	初版1刷	樂洋
Bulala之我要完美DNA！	初版1刷	賴小禾
突圍長跑隊	初版1刷	麥樹堅

成長自助

書名	版次	作者
迷 · 癮者	初版1刷	何玉燕
快樂解碼	初版1刷	何玉燕
爸媽和我搞對抗	初版1刷	陳淑娟
踢走絆腳石	初版1刷	溫小平
見習美少女	初版1刷	溫小平
第一次得一次！	初版2刷	黃嘉儀
拾五拾六FAQ —— 懂性篇	初版1刷	Q師傅
有話好説 —— 青少年溝通學堂	初版2刷	李錦洪